Marionetten des Schicksals

Anton Riva

Marionetten des Schicksals

Bibliografische Information der Deutschen Bibliothek:
Die Deutsche Bibliothek verzeichnet diese Publikation
in der Deutschen Nationalbibliografie;
detaillierte Daten sind im Internet über
<http://dnb.ddb.de> abrufbar.

Illustration des Buchdeckels

Edelbert Bregy

1946 in Turtmann geboren, lebt seit 1974 in Naters, Autodidakt. Kurse und
Zeichnungsdiplom an der Kunstschule ABC Paris. Mitglied der Walliser
Künstlervereinigung (AVA). Künstlerische Tätigkeiten: Mixed Media, Frottage,
Guafrage, Post Art und Eisenplastik. Diverse Ausstellungen im In- und Ausland.
Werke in privaten und öffentlichen Sammlungen.

© 2005 Anton Riva
Herstellung und Verlag: Books on Demand GmbH, Norderstedt
ISBN 3-8334-2609-8
Lektorat: Thomas Riva, Freiburg i. Ü.

Inhaltsverzeichnis

Befehl aus dem Jenseits

In der Tür stand eine schlanke Gestalt, in einen langen, schwarzen Mantel gehüllt. Es war eine jüngere Frau, tieftraurig im Gesicht, verstört.

»Entschuldigung, mein Wagen will nicht mehr«, sagte ich, »kann ich vielleicht bei Ihnen telefonieren?«

Die Frau schaute mich unverwandt an. Ihr Blick durchdrang mich, als ob ich durchsichtig wäre.

»Wer ist da?«, rief eine energische Männerstimme aus der Dunkelheit des stillen Hauses.

»Jemand will bei uns telefonieren«, entgegnete die Frau.

Die Stille, die nun eintrat, war beinahe unerträglich. Ich konnte in der Dunkelheit, die aus dem Innern des Hauses kroch, nichts erkennen. Aber irgendetwas beunruhigte mich. Ein bitterer Geruch von Alchemie und abgestandener Kälte schlich aufdringlich aus der dunkeln Leere in meine Nase.

»Ist es ein Mann oder eine Frau?«, fragte nun die Stimme aus dem Dunkel.

»Ein Mann!«, antwortete die junge Frau, die inzwischen leicht fröstelte und den Mantelgürtel enger gezogen hatte.

»Lass ihn herein!«, rief nun die Stimme befehlerisch.

Wortlos stand die Frau zur Seite. Ich trat unsicher über die morsche Türschwelle.

Allmählich durchdrangen meine Augen die Dunkelheit. Schemenhaft machte ich einige Möbel aus. Ein grosser Tisch mitten im Raum, hochlehnige Stühle rund herum, ein schwerer Schrank. Alle Fenster verriegelt und verdunkelt. Hinter einer halboffenen Türe vermutete ich die energische Männerstimme, die auch befehlerisch sein konnte.

»Kommen Sie!«, rief nun die Stimme. Diesmal ungeduldig.

In einem breiten Bett lag tief in die Kissen gebettet eine hagere Gestalt. Breite Hände ruhten auf der Bettdecke, zuckten manchmal wie von einem leichten Stromschlag getroffen. Durch die Mitte des Gesichtes, von Ohr zu Ohr über die Nase, klebte ein breiter, weisser Verband.

»Kommen Sie näher!«, befahl der Mann. Es klang, wie wenn er in einen hohlen Kübel gesprochen hätte.

»Vater, willst du wirklich…«

»Sei ruhig, Kind. Dies erträgt keine Halbheiten.«

Mit einem energischen Ruck riss der Vermummte die Binde vom Gesicht. Wie vom Schlag getroffen sprang ich zurück. Was ich sah, schockte mich. Anstelle der Nase klaffte ein grosses, schwarzes Loch mitten im Gesicht des Mannes, ein Krater. Zugleich steigerte sich der Modergeruch, wehte süsslich aus dem Monstergesicht.

»Kein leichter Anblick, wie?«, sagte nun der Mann. »Aber Sie habens immer noch viel besser als ich. Ich gäbe viel, wenn ich an Ihrer Stelle sein könnte.«

Der Mann war jetzt aufgeregt, hüstelte und rang nach Atem. Die junge Frau sprang herbei, stützte den Mann mit dem Kissen, sprach beruhigend wie zu einem Kind auf ihn ein.

»Es ist wieder so weit. Los!«

Die Frau nahm eine Ampulle vom Nachttisch, zog daraus eine Spritze auf. Dabei zitterte sie am ganzen Leibe, wimmerte leise. Den kurzen Blick, den sie mir flüchtig zuwarf, werde ich nie mehr vergessen. Ich hätte nie gedacht, dass Blicke so abgrundtieftraurig sein können.

»Komm schon! Die Schmerzen…«

Immer noch zitternd, aber gekonnt stach nun die junge Frau die Nadel in den entblössten Oberarm des Mannes, drückte langsam durch. Sofort entspannte sich das Gesicht des Unglücklichen. Ein Hauch von Glückseligkeit huschte sogar über seine schweissnasse Stirne.

»Und nun sind Sie wohl bereit, mir einen Gefallen zu tun.«

»Sicher, wenn ich helfen kann«, erwiderte ich. Dabei vernahm ich in der Ferne eine mir ganz fremde Stimme, meine Stimme.

»Sehen Sie, ich leide unter diesem ekelhaften Krebs. Schon viel zu lange. Nun habe ich genug. Ich werde heute hier in meiner Jagdhütte mein Leben beenden.«

»Aber…«, unterbrach ich den Mann. Hinter mir begann die Frau zu schluchzen.

»Ich werde mich töten«, fuhr der Mann trotzig fort. »Aber da gibts ein Problem.«

»Um Gotteswillen, Vater…«

»Wenn der Selbstmord auffliegt, wird meine Tochter nichts von meiner Lebensversicherung haben, so stehts schwarz auf weiss in der Police.«

In abgehackten Sätzen, nach Atem ringend, schilderte er die Situation. Seiner einzigen Tochter hatte das kurze Leben schon arg mitgespielt. Sie war Mutter eines zweijährigen Mädchens. Der Vater hatte sich aus dem Staub gemacht. Nun wollte der Sterbende am Ende seines Lebens die Belange der Tochter regeln. Diese würde nämlich nach seinem Ableben auf sich allein gestellt sein. Ihre Mutter war schon seit Jahren tot.

Plötzlich, wie ein Blitzschlag, schüttelte mich die Erkenntnis. Das konnte er doch nicht von mir verlangen. Stechende Schmerzen zermarterten mein Gehirn. Die Schläfen pochten wild.

»Sie müssen nach meinem Tode bezeugen, dass ich nicht Selbstmord begangen habe. Sie werden glaubwürdiger sein als meine eigene Tochter.« Der Kranke sprach bestimmt, duldete keine Widerrede.

»Meine Tochter wird Ihnen einen angemessenen Teil der Versicherungssumme auszahlen, wenn Sie meine Bitte erfüllen.«

Er spürte, dass ich zögerte, regte sich sofort auf, begann hysterisch zu schreien. Die Tochter gab ihm wieder die Spritze.

»Hören Sie. Ich kann nicht sterben, wenn ich Ihrer nicht sicher bin. Geben Sie mir die Hand und versprechen Sie mir hier an meinem Totenbett, dass Sie einwilligen.«

Ich verspürte einen leisen Druck an meinem Ellbogen. Die stille Tochter nickte mir zu und wies mich an, ihr zu folgen.

»Tun Sie, was er verlangt. Wir können alles in Ruhe besprechen, wenn es vorbei ist.«

Nun, ich habe getan, wie die Tochter es wünschte. Der Kranke wollte jetzt allein sein, bat uns, sein Zimmer zu verlassen. Er schaute mir nochmal prüfend in die Augen, ein Befehl aus dem Jenseits, mich schauderte. Nach einiger Zeit, die mir wie eine Ewigkeit vorkam, traten wir wieder in sein Zimmer. Friedlich ruhte er in seinen Kissen. Auf der Bettdecke lag ein kleines, unschuldiges Fläschchen, leer. Daneben lag ebenso unscheinbar das Deckelchen. Die Frau stürzte sich über den Toten und weinte. Ihre Schultern zuckten wild, Schluchzen, zum Steinerweichen. Fläschchen und Deckelchen nahm sie zu sich, versorgte alles in ihrer Manteltasche. Dann setzte sie sich neben das Bett des Toten, erstarrte zu Stein. Ein heftiger Windstoss rüttelte plötzlich an den verriegelten Fensterläden, protestierte wohl gegen die Ungeheuerlichkeit meiner Tat. »Verbrecher, Verbrecher!«, skandierten die wild gewordenen Läden. Vor einer Minute hatte ich mich tatsächlich bereit erklärt, einen Versicherungsbetrug zu decken, dafür Geld einzustreichen. Wie konnte ich nur.

»Kommen Sie, wir können nichts mehr tun für ihn«, redete ich ihr leise zu. Sie aber schüttelte trotzig den Kopf, wollte beim Toten bleiben.

Unschlüssig wandte ich mich ab, schritt auf die Türe zu.

»Er hat mein Leben zerstört«, rief mir die Frau nach. Ihre Stimme klang plötzlich ungewöhnlich hart. »Jetzt will er über seinen Tod hinaus mein Leben regeln.«

Ich stand wieder draussen in der Nacht und fühlte mich erbärmlich. Was sollte jetzt werden? Das Quietschen der alten Haustüre riss mich aus schmerzhaften Grübeleien.

»Kommen Sie bitte ins Haus«, rief mir die Frau zu.

Sie erklärte mir, dass ihr Vater sie ein Leben lang gegängelt, sie nicht losgelassen und ihr ein eigenständiges Leben verunmöglicht hätte.

»Die Abmachung mit meinem Vater vergessen Sie bitte. Der Gedanke, noch nach dem Ableben meines Vaters von ihm abhängig zu sein, macht mich krank. Ich werde den Tod ordnungsgemäss melden. Entschuldigen Sie bitte vielmals.«

Ihre Hand fühlte sich eiskalt an, als die zerstörte Frau sich von mir verabschiedete. Schwankend wie ein Traumwandler schlurfte ich zur Türe und trat hinaus in die Kälte.

Ich habe nie mehr etwas gehört von dieser gequälten Frau. Noch einige Male bin ich in der unwirtlichen Gegend herumgestrichen. Aber das Haus war immer verschlossen, verbarrikadiert. Ein tiefes Geheimnis lag hier begraben.

Blutsschwestern wider Willen

»Gib mir bitte mal die Salbe herüber, Liebling.«

Doktor Gisela Süsst reinigte bedächtig die etwa drei Zentimeter lange Wunde an ihrer rechten Hand. Sich ekelnd schielte Justus Kraft, gelernter Jurist, auf die rosa entzündete Verletzung seiner Lebensgefährtin, griff zu der blauen Tube auf dem Tisch, schraubte den Deckel ab, reichte mit abgewandten Gesicht das Gewünschte. Träge kroch die weisse Paste wie eine Made auf das offene Fleisch an der Hand, liess sich platt walzen und allmählich auf der Wunde verteilen.

»Ich hätte es wissen sollen. Wie ich der Bewusstlosen die Zunge freilegen wollte, hat sie zugebissen.«

»Warum musst du dich auch in alles einmischen?«, sagte Kraft unwirsch.

»Na, hör mal. Schliesslich bin ich Ärztin. Als die junge Frau da auf der Strasse lag, neben ihrem zerkrümmten Fahrrad, von untätigen Gaffern umgeben, musste ich doch anhalten und erste Hilfe leisten.«

Justus bändelte vor dem Spiegel mit seiner Krawatte herum, fluchte leise.

»Aber etwas stimmte nicht mit der unglücklichen Frau. Das eingefallene Gesicht, die dunkeln Flecken auf der Haut, das schüttere Haar.

Weißt du, als die Arme in die Ambulanz geschoben wurde, öffnete sie für einen Augenblick die Augen, sah mich an. So traurig, als ob das Leid der ganzen Welt in ihren Augen versammelt wäre.«

Justus hatte inzwischen seine Mappe gepackt, schickte sich an, das Haus zu verlassen.

»Vergiss unser Abendessen mit meinem Chef heute Abend nicht, Gisela.«

Gisela legte einen weissen Verband um die verwundete Hand. Justus drückte ihr einen zärtlichen Kuss auf den gebeugten Nacken und ging.

»Ich werde die Frau heute im Spital besuchen.«

Das konnte Justus nicht mehr hören. Er hatte bereits die Türe hinter sich geschlossen.

Frau Doktor Süsst riss das Steuer ihres Audi A4 im letzten Moment herum.

»Uff, das war aber knapp«, sagte sie zu sich selber. Aus ihren Handknöcheln wuchsen weisse Flecken.

»Jetzt muss ich mich zusammennehmen, die verletzte Frau vergessen.«

In ein paar Minuten würde sie ohnehin im Spital sein, die Verletzte besuchen. Dann müsste doch etwas zu erfahren sein.

Im Spital fragte sie nach dem Chefarzt, einem ihrer Kollegen, mit dem sie sich gut verstand.

»Gestern wurden bei uns drei Notfälle eingeliefert«, sagte Chefarzt Händel.

»Eine etwa 25-jährige Frau, Sturz mit dem Fahrrad?«, sagte Gisela, ihre Erkundigung nach dem Notfall ergänzend.

»Ja, du musst Lore meinen, eine uns bekannte Patientin, Frau Lore Herz.«

»Und diese Lore wurde gestern als Unfall eingeliefert?«

Gisela fragte schneller als gewöhnlich. Das »Eine uns bekannte Patientin« beunruhigte sie.

»Ja. Schwere Hirnerschütterung, Prellungen an der Hüfte, Fraktur des linken Fusses.«

»Ist sie ansprechbar?«

»Ja. Aber was hast du eigentlich mit ihr zu tun?«

»Ich habe ihr erste Hilfe geleistet und möchte sie jetzt besuchen.«

Frau Dr. Süsst konnte es sich nicht erklären. Sie wurde immer aufgeregter, schwebte in ungewissen Ahnungen, die nichts Gutes versprachen.

»Na gut, sie liegt auf der Intensivstation. Du kannst sie kurz sehen.«

»Danke!«

Frau Süsst erhob sich, hielt Händel zum Abschied die linke Hand entgegen.

»Hast du dich verletzt?«

»Es ist mir peinlich, lieber Kollege. Ich habe gestern total unprofessionell gehandelt, liess mich von der bewusstlosen Frau Herz beissen.«

Doktor Händel stutzte, strich sich mit der Hand durchs Haar.

»Halt mal, du wurdest von Frau Herz gebissen?«

»Ja, eben, das ist mir ja so peinlich.«

»Zeig mir die Wunde, Gisela!«

Der Arzt stülpte sich fleischfarbene Handschuhe über, ging mit einer Schere auf seine Kollegin zu. Diese wich erstaunt zurück.

»Was hast du denn?«

»Lass mich bitte deine Wunde untersuchen, Gisela.«

»Die habe ich mir selber verbunden, professionell diesmal.«

Mit zwei schnellen Schnitten löste Händel den Verband von der Wunde, starrte gebannt auf die blutbefleckte letzte Gazeschicht, hielt sich die Wunde unnatürlich nahe an die Augen.

»Was hast du denn?«

»Ich muss dir etwas sehr Unangenehmes mitteilen, Gisela.«

Händel hatte inzwischen die Brille abgenommen, rieb rhythmisch mit Daumen und Zeigefinger die müden Augendeckel.

Dann hielt er Giselas verletzte Hand zärtlich in der seinen, als wärs ein Juwel.

»Ich habe vorhin erwähnt, dass wir Frau Herz kennen. Sie weilt alle paar Wochen bei uns im Spital. Frau Herz hat Aids. Sie hat dich blutig gebissen. Was das heisst, muss ich dir nicht erklären.«

Giselas Hand entglitt dem Arzt. Lautlos sank Frau Süsst in sich zusammen, hing jetzt bewusstlos in der Stuhllehne, wie ein vergessenes Kleidungsstück.

Als Gisela aufwachte, lag sie tief in weisse Kissen gebettet, unter weissen Laken.

»Na, willkommen bei den Lebenden.«

Gisela vernahm Händels Stimme aus weiter Ferne. Was war geschehen? Allmählich lichtete sich der dichte Nebel um ihr Bewusstsein.

»Justus, hat man meinen Lebenspartner benachrichtigt, Herrn Justus Kraft?«

»Haben wir.«

»Weiss er, was passiert ist?«

»Natürlich nicht, das musst du ihm schon selber sagen.«

Energisch öffnete sich da die Zimmertüre. Herein stürmte Justus Kraft, die gewohnt tadellose Frisur zerstört, die Krawatte schief.

»Was ist denn passiert, Schatz?«

Er warf sich über Gisela, fasste ihr Gesicht mit beiden Händen, bedeckte es mit Küssen.

»Ich lasse euch jetzt allein«, sagte Händel, verliess diskret das Zimmer.

Nachdem sich ihr Lebenspartner etwas beruhigt hatte, richtete sich Gisela im Bett auf.

»Höre, Justus. Als ich gestern bei dem Unfall erste Hilfe leistete, biss mich die bewusstlose Frau in die Hand.«

»So heftig, dass du im Spital liegen musst?«

»Nein, schlimmer, die Frau hat Aids.«

Justus zuckte, als hätte ihn ein elektrischer Schlag getroffen. Er wich zurück, starrte Gisela an, wie jemand vermutlich starrt, wenn ihm der Leibhaftige begegnet.

»Justus, beruhige dich. Es muss ja nicht zum Schlimmsten kommen. Ich werde hier einige Untersuchungen über mich ergehen lassen müssen.«

Gisela war, während sie zu Justus sprach, erschöpft zurück in die Kissen gesunken, hatte die Augen geschlossen. Wie sie nun Justus weiter beruhigen wollte, sah sie gerade noch dessen Rücken in der offenen Zimmertüre verschwinden.

Immer wieder versuchte Gisela, Justus über das Telefon zu erreichen. In der Wohnung meldete er sich nicht. Im Büro liess er sich verleugnen. Zu ihr ins Spital kam er auch nicht.

»Er wird einen Schock haben«, sagte Doktor Händel, versuchte, Gisela zu beruhigen.

»Ich beginne daran zu zweifeln, Kollege. Wie kann der mich allein lassen, mit diesen Sorgen. Nicht einmal wegen seinem Nachtessen mit dem Chef hat er sich gemeldet.«

»In drei Monaten, nach Ablauf der Inkubationszeit, wissen wir Bescheid. Das ist dir bekannt. Inzwischen solltest du dich nicht verrückt machen.«

Gisela wollte aber verrückt werden. Wenn Justus in diesen schweren Stunden nicht zu ihr hielt, mochte sie nicht mehr normal agieren müssen. Sie wollte sich gehen lassen, sobald als möglich sterben.

»Wie gehts eigentlich Frau Herz?«, fragte Gisela schwach.

»Physisch ordentlich. Psychisch gehts ihr schlecht. Besuch sie doch.«

Vor der durchsichtigen Türe der Intensivstation musste sich Gisela Süsst mit beiden Händen an der Glaswand abstützen.

Da lag also der Mensch, der ihr Leben einschneidend verändern würde. Lore Herz war bis zur Nasenpitze zugedeckt, bleich, Alabastergesicht. Neben ihrem Kopf wanden sich mehrere Schläuche unter der Decke hervor, mündeten in Apparate oder Flaschen. Dieses Häufchen Elend war voll in ihre Lebensplanung hineingeplatzt, hatte sie wie mit einem einzigen Federstrich abgehakt. Das neue Haus, die eigene Praxis, ein Kind mit Justus. Plötzlich drehte sich Lore Herz zu ihr um. Da waren sie wieder, die traurigen Augen mit dem Leid der ganzen Welt. Von einer geheimnisvollen Kraft getrieben, glitt Frau Doktor Süsst roboterartig in die sterile Schürze, sah sich plötzlich vor dem Bett der Frau Herz stehen.

Lore Herz wurde unruhig. Schweissperlen glänzten plötzlich an ihrem durchsichtigen Haaransatz. Der akustische Herzschlag an der Maschine tickte schneller.

»Sind Sie…?«

»Ja.«

»Es tut mir so leid.«

Frau Lore Herz' schwache Stimme stuckerte, versagte, ging über in ein klägliches Wimmern.

»Dass es mir schlecht geht, ist ja gerecht. Aber, dass Sie wegen mir…«

»Es ist die Unsicherheit, das Warten«, sagte Frau Süsst.

Sie hatte sich wieder gefasst, realisierte, dass sich hier zwei vom Schicksal gebeutelte Frauen gegenüberstanden. Irgendwie wird man in solchen Momenten solidarisch. Gisela rückte sich einen Stuhl zurecht, nahm Lores Hand, blickte beruhigend auf die Kranke hinunter. Die traurigen Augen mit dem Leid der ganzen Welt blitzten auf, forschten ungläubig im Gesicht der Frau an ihrem Bett.

»Danke«, sagte Lore hauchend.

»Gemeinsam werden wirs schaffen. Wir sind ja jetzt sozusagen Blutsschwestern.«

Gisela staunte über ihren Galgenhumor. Er hielt sie am Leben. Wie sie aufblickte, sah sie Justus vor der durchsichtigen Türe zur Intensivstation stehen, tadellose Frisur, Krawatte sitzend. Er winkte mit einem Blumenstrauss. Gisela wusste nicht, ob sie sich freuen sollte.

Das Leben überlistet

Augenarzt Doktor Liech staunte nicht schlecht. Seine Patientin, Anna Hurni, machte ihm ein Geständnis. Sie hatte im Verlaufe von zweiundfünfzig Jahren ihres Erdendaseins nie Lesen und Schreiben gelernt. Anna Hurni lieferte dem Doktor auch gleich den Beweis. Zwar war ihr Sehvermögen etwas eingeschränkt. Aber da sie die noch so grossen Buchstaben des Sehtests nicht erkennen konnte, musste sie entweder blind sein oder nicht lesen können. Irgendwie erlöst, stand Anna Hurni nun erstmals in ihrem Leben offen zu ihrem Analphabetentum. Auf die Frage, wie sie denn ihre Behinderung ein Leben lang habe verheimlichen können, hatte Anna bloss ein wissendes Grinsen übrig.

Anna Hurni wurde in einem Wohnwagen am Rande der Autobahn geboren. Ihr Vater, Jonas Huber, musste an diesem Abend von seinen Söhnen ins Bett geschleppt werden. Der zur Feier des Tages konsumierte Alkohol hatte ihn gefällt wie einen Baum. Die Mutter, Rea, immer noch erstaunt, dass sie im fortgeschrittenen Alter nochmals Mutter geworden war, freute sich auch auf die kleine Tochter. Mädchen konnte man besser verhätscheln als Knaben. Später waren sie der Mutter eine grosse Stütze. Die Familie Huber gehörte zu den Fahrenden, hatte keinen festen Wohnsitz, bummelte mit ihrer ganzen Habe im Land herum. Bloss im Winter hielt man es etwas länger am gleichen Ort aus. Während dieser Zeit besuchte Anna auch jeweils die Schule. Sie platzte immer mitten ins Schulprogramm, konnte weder Anschluss finden noch auf Grundlagen aufbauen. Annas Situation war aber für die Lehrer keinesfalls Anlass zur Sorge. Das Mädchen kam und ging wie die Jahreszeit. Sein vorgeplantes Leben erheischte ohnehin keine tief gehende Schulbildung.

Mit sechzehn Jahren hatte Anna genug vom Herumfahren. Ohne ihre Eltern zu fragen, verdingte sie sich an einen Gasthof, wo sie als Küchenhilfe und Mädchen für alles mit bescheidenem Lohn wohnen konnte. Schon nach kurzer Zeit riet ihr der Wirt, sie solle doch mal den Augenarzt aufsuchen. Anna hatte nämlich immer wieder nachgefragt, wenn sie etwas zu ihrer Arbeit Notwendiges lesen sollte. Sie sehe eben nicht so gut, das Geschriebene sei viel zu klein und weitere Ausreden hatte sie sich mit der Zeit zurecht gelegt. Allmählich gaben die Mitarbeiter der Anna nichts mehr schriftlich ab, erklärten ihr alles mündlich. Da sie eine anständige und fleissige Frau war, nahmen sie diese zusätzliche Mühe für sie in Kauf. Um ihr Geheimnis zu hüten, schaute Anna oft demonstrativ in Zeitungen, blätterte darin interessiert und geräuschvoll herum. Mit der Zeit konzentrierte sie sich auf die Illustrationen, stellte Fragen darüber und hielt sich so über das aktuelle Tagesgeschehen auf dem Laufenden. So konnte sie sich auch an entsprechenden Gesprächen beteiligen.

Solange sich Anna in ihrer Arbeitsstätte aufhielt, ging alles gut. Problematisch wurde ihre Situation, wenn sie diesen Schutzraum verliess. Das begann schon an der Bushaltestelle. Sie musste den richtigen Bus erkennen, um in die Stadt zu fahren und die Abfahrtszeiten eruieren. Um zurecht zu kommen, intensivierte sie die Methode des vorgespielten Schlechtsehens, indem sie sich halb blind stellte und sich eine undurchdringlich schwarze Brille aufsetzte. Anna war eine attraktive junge Frau. Mit ihren schwarzen Haaren und dem dunkeln Teint fiel sie sofort auf. Es fehlte niemals an Leuten, zumal des männlichen Geschlechts, die umgehend Hilfe leisteten, wenn Anna entsprechende Signale sendete. Bald hatte sich Anna Bus und nötige Angaben gemerkt.

Ähnlich verfuhr sie in der Stadt, in den Geschäften. Für ganz heikle Fälle hatte sich Anna sogar einen weissen, zusammenlegbaren Stock besorgt, den sie immer in ihrer Handtasche mitführte. Manchmal schlurfte sie nur so zum Spass mit dem weissen Stock durch die Stadt. Die schwarze Brille auf der Nase, tappte sie, den Stab vor sich hinstossend, durch Strassen und Gassen, wechselte von einem Gehsteig zum andern, überquerte Strassen, genoss die bewundernden Blicke. Wenn sie wirklich aufs Lesen angewiesen war, stellten sich die Helfer rechtzeitig ein. So lernte Anna auch bald die ganze Stadt kennen und konnte sich darin zurechtfinden.

Als Anna eines Tages Lust auf ein Fahrrad bekam, betrat sie einen entsprechenden Laden. Sie erklärte dem herangeeilten Verkäufer ihr Anliegen, liess sich Räder zeigen und über alles Wichtige instruieren. Das nehme sie, erklärte sie nach geraumer Zeit und wies mit dem Finger auf ein blaues Modell. Da ihr auch der Preis angemessen erschien, zahlte sie gleich. Anna erschrak dann, als der Verkäufer ihr zusammen mit dem Ausgeld ein Formular unter die Nase hielt. Das sei nötig wegen der Versicherung. Sie musste brav ihre Personalien nennen, welche der Verkäufer gewandt zu Papier brachte. Annas Puls schlug von da an wieder regelmässig. Dann aber rauschte plötzlich die bekannte Traufe nach dem Regen. Anna sollte nun alles unterschreiben. Nach ihrer jahrelangen Mogelei war sie fähig geworden, schlagfertig zu antworten. So zögerte sie auch hier nur einen Moment, gab dem verdutzten Verkäufer zu verstehen, sie müsse noch etwas abklären. Er habe ja das Geld, sie werde morgen das Fahrrad abholen. Daheim versuchte sie nun, ihre Unterschrift zu kreieren, zum ersten Mal in ihrem Leben. Da sie bereits gehört hatte, dass Unterschriften eher selten zu entziffern sind, machte sie sich einen beliebigen Schriftzug zurecht, der wohl alles bedeuten konnte. Immerhin konnte sie am folgenden Tag das Formular unterschreiben und das Fahrrad mitnehmen.

Im Gasthof lernte Anna Hans-Peter Hurni kennen. Dieser bescheidene kaufmännische Angestellte pflegte hier jeweils das Mittagessen einzunehmen. Die beiden waren sich von Beginn weg sympathisch und fanden schliesslich zusammen. Sie gingen aus, ins Kino, zum Tanzen, unternahmen Ausflüge und machten Reisen, wie dies ganz normale junge Liebespaare tun. Auf keinen Fall wollte Anna, dass Hans-Peter sie in diesem Stadium des Zusammenseins entlarven würde. Sie hatte inzwischen meisterhaft gelernt, falsche Tatsachen vorzuspiegeln, so dass sie auch ihren Freund täuschen konnte. Er liebte sie, kam ihr zu Hilfe, wann immer sie ihn wegen der mangelnden Lese- und Schreibkompetenz brauchte. Als Anna auf dem Zivilstandesamt den Ehervertrag unterschrieb, grinste Hans-Peter. Das sei nun wahrhaftig ein unleserlicher Namenszug, tadelte er sie spottend.

Wir können es beinahe nicht für möglich halten. Mit ähnlichen Methoden zog Anna Hurni drei Kinder auf, schickte sie zur Schule, besuchte Elternabende, machte neue Bekanntschaften. Als die Jahre ins Land zogen und Anna älter wurde, dachte sie gar nicht mehr daran, eines Tages doch noch Lesen und Schreiben zu lernen. Dann kam Nicole, ihre Enkelin. Nachdem sie erfahren hatte, dass Oma Analphabetin war, rückte sie energisch bei dieser auf. Seither lernt Anna unter Anleitung und Aufsicht ihres Grosskindes Lesen und Schreiben. Sie fährt mit dem Finger geduldig über Schriftzeilen, murmelt stotternd die erkannten Begriffe, kritzelt unbeholfen Buchstaben auf Papier.

Im Sog des Lebens

Die Unstete

Selig schmatzte das Baby am vollen Busen seiner jungen Mutter. Laura presste ihre linke Brust sanft in das Puttengesicht des Säuglings. Das waren ihre glücklichsten Momente. Nie zuvor in ihrem bewegten Leben hatte sie sich so gut gefühlt.

»Daran bist du schuld«, flüsterte Laura ihrem Baby zu. Zwar glaubte sie sich ähnlicher Gefühle zu erinnern, als sie einst selbstbewusst über den Laufsteg schritt, berauscht vom Applaus des Publikums. Aber das war nur oberflächlich, dauerte lediglich einige Monate. Und als sie später von Amors Pfeil getroffen wurde, stieg sie ein zweites Mal in den siebten Himmel. Auf den Händen eines Adonis getragen zu werden, genoss sie in vollen Zügen. Sie betete ihn regelrecht an, bewunderte den nicht sehr erfolgreichen Schauspieler. Er aber missbrauchte ihre Anhänglichkeit schamlos, hielt sie bloss aus wirtschaftlichen Ueberlegungen hin. Eines Tages folgte die harte Landung auf der kalten Erde. Laura litt damals wie ein Tier, konnte die Enttäuschung über den jungen Ehemann kaum ertragen.

»Du gibst mir nun alles, wonach ich unbewusst süchtig war, mein Schatz«, redete sie jetzt auf das Kind ein, bettete es an die andere noch volle Brust. Sie hatte erst zurückfinden müssen zu ihren Wurzeln, nach Boringen, um am Ziel zu sein. Welch ein Umweg! Vorerst die Paukerei am Gymnasium, das sie auf Wunsch des Vaters besuchte. Neben abgenagten Fingernägeln blieb von den quälenden Mathe-Stunden kläglich wenig übrig.

In den Sprachstunden gefiel sie sich schon besser. Sie verfasste ausschweifende Texte, konnte ihrer blühenden Phantasie freien Lauf lassen. Allmählich verfiel sie regelmässig gewagten Träumereien und schaffte die Abgangsprüfungen trotz respektablem IQ nur mit knapper Not. Der Abstecher zum Film brachte ihr lediglich eine stumme Rolle. Da konnte sie sich noch so in Szene setzen mit ihrer Traumfigur und den blauen Augen unter dem dunkelblonden Haar. Ihr schauspielerisches Talent glänzte durch Abwesenheit, war unauffindbar. Der Regisseur hatte ihr eines Tages geraten, dass sie besser etwas anderes machen sollte. Sie gehorchte, fiel in eine tiefe Depression, fing sich aber wieder auf, lebte weiter.

Nun lebte sie schon neunundzwanzig Jahre. Wie viel hatte sie durchgemacht, sich geräkelt in Glückseligkeit, aber auch sich gewunden im Elend. Und sie weilte immer noch unter den Lebenden. Allerdings hatte sie einmal die Ueberdosis Tabletten und den Cognac schon hergerichtet. Aber da tauchte Leo auf, der Mechaniker aus Vaters Autowerkstatt, den sie schon aus dem Sandkasten kannte. Seine Reife und Sanftheit liessen auch sie endlich ruhig werden. Er war ihr jetzt ein zuverlässiger Gatte und ihrem Kind ein liebevoller Vater.

»Aber jetzt musst du dich beeilen, Kleines«, flüsterte Laura. »Um vierzehn Uhr ist Tennis angesagt.« Tennis spielte sie jetzt, um sich körperlich fit zu halten. Es hatte nichts mit ihrem früheren Leben zu tun. Sie nahm das Baby von der Brust, erhob sich. Auf dem Weg zum alten Plattenspieler warf sie einen flüchtigen Blick auf die Mal-Staffelei mitten im Zimmer. Seit einiger Zeit versuchte sie sich mehr oder weniger erfolgreich mit Malen. Das hatte zur Folge, dass sie sich viel in der freien Natur aufhalten musste, im Wald, auf dem Felde oder in den Bergen. Die Liebe zur Natur hatte sie schon als kleines Mädchen entdeckt, als ihre früh verstorbene Mutter sie oft mitnahm, in den Garten hinter dem Haus der Familie. Sie drehte die in Rücksicht auf das Baby leise gehaltene Rockmusik ab und verliess das Haus. Das Baby schrie laut, als sie ins Freie trat.

Der Intellektuelle

Alexander traute seinen Augen nicht. Er strich sich mit der Hand über das dunkle, bereits schüttere Haar. Eine ihm unbewusste Geste, die sich jeweils einstellte, wenn Alexanders Adrenalinspiegel überschwappte. Da lagen doch nachlässig hingeworfen sechs antike Buchbände auf dem Boden, verstaubt, arg mitgenommen. »Industrielle Chemie« entzifferte Alexander, nachdem er eine Staubwolke hochgeblasen hatte, und die Jahrzahl 1906.

Er war allein in der Antiken-Buchhandlung. Irgendwo musste Frau Milius stecken, die Inhaberin des Ladens. Alexander kannte sie gut. Er verbrachte viel Zeit in diesem dunkeln, dumpfen Raum. An den leichten Modergeruch, der hier hinter den Regalen hervorströmte, hatte er sich längst gewöhnt. Ja, er war ihm inzwischen sogar lieb geworden. Viele echte Kostbarkeiten hatte er hier schon aufgestöbert. Sie gereichten jetzt seiner Bibliothek mit alten Werken über Naturwissenschaften zur Ehre.

Alexander begann, in den alten Schmökern am Boden zu blättern. Die Naturwissenschaften hatten es ihm immer schon angetan. Das Gymnasium verliess er damals mit Bestnoten in diesen Fächern. Später rissen sich sogar höhere Schulen um ihn. Er hatte sich zu einer Kapazität für Mathematik, Chemie und Physik gemausert. Seine Schüler beklagten sich zwar über seine Distanziertheit, ja Abweisung ihnen gegenüber. Aber seine Fachkompetenz war auch bei ihnen nicht umstritten. Sie hätten es geschätzt, ihren Lehrer auch ausserhalb des Unterrichts zu erleben. Dazu bot sich aber absolut keine Gelegenheit. Nach dem Unterricht eilte Alexander schnurstracks in die Buchhandlungen. Diese verliess er meistens erst wieder bei Ladenschluss, mehrere Bücher unter den Arm geklemmt. Während der Ferien verwendete er die gesamte Zeit, seiner Leidenschaft zu huldigen, dem Sammeln alter Werke über Naturwissenschaften. Er pflegte jeweils regelrechte Jagden zu veranstalten, raste suchend durch die halbe Welt.

Ein solch intensives Leben liess selbstredend keinen Raum für eine Frau an seiner Seite, gar noch mit Kindern. Zwar hatte er schon Mädchen getroffen, die ihm gefallen hätten. Sie hielten es bei ihm aber verständlicherweise nicht lange aus. Inzwischen hatte sich Alexander darauf eingestellt, sein Leben als Single zu verbringen. Er hätte sich niemandem so intensiv widmen können wie seiner geistigen Arbeit.

»Soll ich Licht machen?«, fragte eine leise, brüchige Stimme neben ihm.

»Oh, guten Abend, Frau Milius. Ja, tun Sie das bitte«, antwortete Alexander, etwas erschreckt durch die plötzliche Störung.

»Wie gehts denn Ihren Goldfischen?«, fragte Frau Milius, nachdem sie das Licht angemacht hatte.

»Ach, wissen Sie, die sind bescheiden, pflegeleicht.«

»Gestern Abend haben sie im Fernsehen eine spannende Sendung über Aquariumsfische gebracht. Die hätten Sie sehen sollen.«

»Wissen Sie, ich besitze keinen Fernsehapparat«, entgegnete Alexander, strich nochmals zärtlich über das Buch in seiner Hand, legte es sorgfältig ins Regal. Er wollte nun nach Hause gehen. Die Alte würde ihn jetzt nicht mehr in Ruhe lassen.

Seine Wohnung hüllte sich in eine dumpfe Atmosphäre, ähnlich jener in der dunkeln Buchhandlung. Sogar der Modergeruch war im Ansatz zu riechen. Alle Wände bestanden aus vollgestopften Bücherregalen, der Fussboden in der kleinen Zweizimmerwohnung über und über mit Büchern belegt. Und dann in der hintersten Ecke ein wohltuender, bunter Fleck, das Aquarium. Sechs Goldfische schwammen apathisch ihre Runden. Alexander liebte es, ihnen zuzusehen. Sie verführten ihn zum Träumen.

Bewegtes Leben

Seit heute Morgen um zwei Uhr zwanzig liegt er hier unbequem im Strassengraben, der dunkelblaue VW-Golf mit Komfortausstattung und Schiebedach. Tiefe Kratzer und einige eindrückliche Dellen in seinem Chassis zeugen von einer bewegten Vergangenheit. Gestern Nacht stand er verträumt auf seinem schmalen Parkplatz, als sich drei zwielichtige Gestalten seiner bemächtigten, die Türen aufbrachen, ihn kurz schlossen und im Höllentempo in die Dunkelheit hineinrasten. Nach einer eindrücklichen Schleuderpartie endete die wilde Fahrt im Strassengraben. Die Diebe verschwanden fluchtartig in der finsteren Nacht.

Auf Hochglanz poliert, brüstete er sich noch vor ein paar Jahren im Schaufenster eines Autosalons. Er stand im Mittelpunkt, wurde bestaunt und gerühmt. Felix und Maja, ein junges Ehepaar, konnten seinen Verführungskünsten nicht widerstehen. Sie kauften ihn für einen angemessenen Preis. Am gleichen Abend weihten sie ihn ein, auf dem Hintersitz, wo sie sich leidenschaftlich liebten. Auf den VW-Golf wartete nun eine schöne und friedvolle Zeit. Das junge Paar schmiedete Lebenspläne in ihm, schäkerte und trieb übermütigen Unfug. Das änderte sich schlagartig, als die Zwillinge eintrafen, Leni und Rosi.

Leni und Rosi gefiel es nicht sonderlich im VW-Golf. Meistens verzogen sie ihre Gesichtlein zu schiefen Mienen, die jedem Clown Ehre eingebracht hätten. Sie plärrten, quietschten und strampelten wild mit Beinchen und Ärmchen. Das wiederum verleitete den Lenker nicht selten zu gefährlichen Fahrmanövern. Machten sie, wie dies Babys zu tun pflegen, in die Windeln, stanken sie unbarmherzig zur Decke, durch die schleunigst geöffnete Dachluke hinaus zum Himmel. Sie verpissten die wertvollen Polster und hatten nicht die geringsten Hemmungen, sich darauf zu erbrechen. Das waren jetzt keine friedlichen Fahrten mehr. Felix und Maja standen voll im Stress. Nicht selten schrien sie sich gegenseitig an. Maja brachte es sogar zu hysterischen Weinkrämpfen. Als sie dann erneut schwanger wurde, musste ein grösserer Wagen her. Der VW-Golf wurde zum Verkauf ausgeschrieben.

Recht bald fiel der angebotene VW-Golf Robert auf, einem Mechanikerlehrling. Er konnte ihn für einen angemessenen Preis erwerben und war glücklich. Zusammen mit seinen Saufkumpanen raste Robert wild durch das Land. Sein steter Bleifuss trieb den VW unbarmherzig an. Bald einmal begann sein Motor erbärmlich zu röcheln und musste, zum ersten Mal in seinem Leben, unters Messer. Dann wurde es wieder gemächlicher. Robert verführte nun seine neue Freundin, Jenny, im Wagen. Es war die ernste Liebe und verwandelte Roberts Gehaben grundlegend. Jenny stand nämlich nicht so sehr auf rasante Fahrten und Adrenalinschübe. Sie bevorzugte romantisches Gondeln durch die Natur. Golgelbe Kornfelder mit blutroten Mohnblumen, schmucke historische Dörfchen auf dem Lande und idyllische Seeufer durchfuhr der VW darum immer häufiger, und jeweils in gemächlichem Tempo. Nachts stand er meistens schon früh verträumt auf seinem schmalen Parkplatz vor der Wohnung des Liebespaares – bis er von drei zwielichtigen Gestalten entführt wurde.

Bald wird ein Kranwagen scheppernd neben dem Strassengraben anhalten, in dem der verlassene VW-Golf immer noch unbequem liegt. Eine mächtige eiserne Hand wird ihn packen und auf die Ladefläche hinter dem Kran hieven. Zum zweiten Mal in seinem Leben wird der VW-Golf sich einer grösseren Reparatur unterziehen lassen müssen. Seine vordere Radachse ist gebrochen, der Benzintank aufgeschlitzt. Vielleicht lohnt sich die Reparatur nicht mehr. Dann wird der VW-Golf wohl bald auf einem Schrottplatz vor sich hin rosten und von seinem bewegten Leben träumen.

Tödlicher Dialog

Da stand er nun, Philipp Zeller, vor der mächtigen Türe aus Eichenholz. Ein goldgelbes Messingtäfelchen informierte darüber, wem man hinter der Türe begegnen würde: Hr. B. Mächler, Direktor. Zeller glättete nochmal sein gefärbtes, spärliches Haar, das in Quersträhnen auf seinem Schädel klebte. Routinemässig rückte er die randlose Brille auf seiner Adlernase zurecht, klopfte dann leise an und trat ins Büro des Direktors.

»Guten Morgen, Herr Direktor.«

Der ältere Mann im riesigen Körper hinter einem klotzigen Pult blickte kurz auf, zeigte ein mürrisches Gesicht.

»Morgen.«

Zeller wartete. Der Direktor kritzelte skurrile Figuren auf ein jungfräuliches Blatt. Zeller fielen die gepflegten Fingernägel des Chefs auf. Er hatte in der Betriebskantine schon gehört, dass Herr Mächler regelmässig zu Manikür- und Coiffeursitzungen lief.

»Hm«, räusperte sich Zeller, »immer noch erfolgreich beim Golfspiel?«

Mächler schaute zum zweiten Mal hoch. Seine Miene hellte sich auf, als Zeller das Golfspiel erwähnte.

»Sehen Sie, Golf beherrscht man oder nicht. Ich beherrsche es.«

Er verwies mit einem leichten Kopfnicken in die Richtung, wo verschiedene Tournierpokale auf einem Tischchen standen.

»Sie sind also gekommen, um mit mir über Golf zu sprechen, Zeller?«

Ein nachlässiges Lächeln huschte über Mächlers Gesicht, während er sich eine dicke Zigarre ins Gesicht steckte.

»Setzen Sie sich, Zeller.«

»Nun, über Golf nicht direkt.«

Zellers hohe Buchhalterstirne kräuselte sich zu zahlreichen winzigen Fältchen.

»Worüber denn? Mann, time is money.«

»Ich möchte um Gehaltserhöhung bitten.«

Mächler quetschte schlotig dichte Rauchwolken durch wulstige Lippen, legte seine fette rechte Hand an die Stirne.

»Gehaltserhöhung!«

Mächler imitierte Zellers Stimme und Sprechart, besonders das R, das dieser wie ein Ch aussprach.

»Immer wollen alle Gehaltserhöhung. Glauben Sie, ich sei der Pestalozzi persönlich, Zeller?«

»Mein Anliegen ist berechtigt. Seit fünf Jahren…«

Er wurde von Mächler barsch unterbrochen.

»Seien Sie still, Zeller. Auch Sie wissen, dass unsere Geschäfte nicht mehr laufen wie einst.«

»Eben, darum wurde ja meine Kollegin entlassen und ich erledige seither auch ihre Arbeit. Das ist nur möglich, wenn ich Überstunden mache, immer Überstunden. Zudem – ich bin Asthmatiker, in permanenter Behandlung, das verschlingt viel Geld.«

Zum Beweis zog Zeller einen Asthmaspray aus der Tasche, setzte ihn demonstrativ vor Mächlers Nase aufs Pult.

»Ich mache auch Überstunden, Zeller. Und Ihre Gesundheit ist nicht mein Problem. Schreiben Sie sich die Gehaltserhöhung in den Kamin.«

Mächler hatte angefangen zu schreien. Dabei lief sein Gesicht ganz rot an. Seine gepflegten Finger trommelten Wirbel auf die Schreibplatte.

Zeller lehnte sich auf dem Stuhl lässig zurück. Er war entschlossen, heute das Letzte zu wagen. Verlieren konnte er ja nichts.

»Wir können ja das Thema wechseln, Herr Direktor.«

»Ach was, gehen Sie jetzt wieder an die Arbeit. Mein letztes Wort ist gesprochen.«

Mächler erhob sich energisch von seinem Sessel. Zeller sollte endlich begreifen, dass die Aussprache beendet war.

»Im Spielcasino soll ja das Glück besonders hold lächeln, habe ich gehört.«

Der Direktor blieb wie vom Schlag getroffen stehen. Seine Augen verengten sich zu schmalen Schlitzen.

»Was schwafeln Sie da, Zeller? Sind Sie verrückt geworden?«

Misstrauisch versuchte er, im Chinesengesicht seines Buchhalters zu lesen.

»Ich weiss von Ihrem geheimen Laster, Chef, von Ihrer Spiellust. Im Gegensatz zu Ihrer Frau und Ihren Kindern.«

Zellers Ruhe lastete plötzlich schwer im Raum, drohte, die Decke herunter zu ziehen.

»Sie wollen mich also erpressen?«

Mächlers Gesichtsfarbe hatte inzwischen von Rot auf Aschfahl gewechselt.

»Nennen Sie es, wie Sie wollen.«

»Heisst das, Sie wollen meine Familie informieren?«

Mächler stellte die Frage nun mit spöttischem Unterton.

»Zum Beispiel, ja«, antwortete Zeller lächelnd.

»Dann tun Sies doch, Zeller. Das bringt Ihnen die Gehaltserhöhung auch nicht.«

»Nun, wenn Ihre Frau erfährt, dass Sie die vielen angeblichen Überstunden nicht im Büro, sondern im Spielcasino verbringen…«

»Sie armer Tropf. Eine Eheszene verdaue ich wie nichts, Zeller.«

»Gut, aber da wäre noch etwas anderes.«

Der Chef reagierte aufbrausend ungeduldig.

»Was denn noch, Zeller? Sie spielen ein gefährliches Spiel.«

»Ich meine das Geld, das Sie sich manchmal aus der Betriebs-
kasse leihen.«

Mächlers fette Zigarre landete auf dem dicken Fussbodenteppich,
begann, sich in das kostbare Gewebe zu fressen. Mächler bemerkte dies nicht. Er war nun überhaupt keiner Reaktion mehr
fähig. Zu Tode erschrocken, liess er sich wieder in den Sessel
fallen.

Zeller triumphierte im Stillen.

»Wie wärs jetzt mit einer Lohnerhöhung?«

»Sie sind ein...«, entgegnete Mächler lallend.

Er sah sich vor dem sicheren Ruin: sein Chefposten, seine Hob-
bys, sein lockerer, vergnüglicher Lebenswandel, ja, und auch
seine Familie, sein ehrenhafter Ruf, seine Entlassung, Gefäng-
nisleben. Alles floss wie ein Film an seinem geistigen Auge vorbei.
Ein Erlebnis, wie es sonst Leute kurz vor dem Tod erfahren.

»Aber ich habe doch immer wieder alles zurückgelegt.«

Mächlers Selbsterhaltungstrieb bäumte sich noch einmal auf.
Aber der Versuch fiel grausam kläglich aus.

Zeller höhnte:«Klar, das wird Ihnen die Geschäftsleitung überhaupt nicht anlasten. Ein Ehrenmann wie Sie hat das Vertrauen
allseits unbegrenzt gepachtet.«

»Wie viel wollen Sie, Zeller?«

Zeller hüstelte. Mächlers Nebelzigarre machte ihm allmählich
zu schaffen.

»Aha, der Herr zeigt Entgegenkommen. Gut so. Ich werde Ihnen
meine Forderungen zu gegebener Zeit kund tun.«

Zeller wollte Mächler mürbe machen. Für dieses Vorhaben hatte
er sich die Zeit zu seinem Verbündeten gemacht. Er konnte
warten, – glaubte er. Der Anfall sprang ihn an wie ein Raub-
tier. Zeller hustete, keuchte, griff zum Spray. In einem gewaltigen Satz, den ihm niemand zugetraut hätte, sprang der füllige
Mächler vor, fischte nach dem Spray, versteckte ihn hinter seinem Nilpferdrücken.

»Ich ersticke, den Spray«, röchelte Zeller aus blauem Gesicht mit hervorquellenden Augen.

Mächler pirschte langsam rückwärts, zum Tresor mit der halboffenen Tür. Bevor er sich umdrehte, sah er, wie Zeller vom Stuhl sank, mit Beinen und Armen zuckte wie ein Insekt im Spinnennetz, dann unbeweglich liegen blieb. Mächler legte den Spray vorsichtig in den Safe, dessen Code er allein kannte, verschloss ihn. Nach Minuten strich er mit manikürtem Finger über die Telefontaste, welche seine Sekretärin aufrief.

Krawattenmuffel mit Krawatte

Der Schaum ging in der Badewanne auf wie Kuchen im Backofen, schwappte teils über den Wannenrand, erinnerte an Gletscherzungen über Felswand. Es duftete nach Rosen. Wie eine kleine Insel ragte Romanas Kopf aus weissem Meer. Die Haare hatte sie hoch gesteckt. Sie blies Schaumflocken aus dem Bad und versuchte, diese mit den Zehenspitzen zu fangen. Auf dem gekachelten Boden lag ausgestreckt Cato, ein grauer Angorakater. Er gähnte und blinzelte zu seiner Herrin, die sich schwer tat mit den Schaumflocken.

»Es könnte so schön sein, Cato.«

Der Kater trommelte mit dem Schwanz auf den Boden, als wollte er dies bestätigen. Das Radio brachte die Nachrichten.

»Aber die Welt ist schlecht. Hörst du? – Bomben über Bagdad, Selbstmordattentate in Jerusalem, Baby ausgesetzt, Serienmörder erneut zugeschlagen.«

Cato war inzwischen eingeschlafen. Mit rhythmischen Bewegungen massierte Romana nun ihre Beine, zuerst das linke, dann das rechte. Auch ihr Privatleben machte ihr Sorgen. Hermann, ihr Lebenspartner, war ein Workaholic, flitzte ununterbrochen durch die Landschaft, jagte Kunden. Nicht einmal am Wochenende wie jetzt gönnte er sich die Zweisamkeit mit ihr.

Aus dem Nebenraum schrillte das Telefon, riss Romana aus schwarzen Gedanken, weckte Cato. Sie dachte nicht daran, dem Ruf Folge zu leisten. Aber – wenn mit Hermann etwas wäre? Das Telefon drängte. Romana sprang aus dem Bade, stürzte sich in den Bademantel, rannte zum Telefon.

»Romana Warren«, sagte Romana etwas ausser Atem.

»Ist da nicht Mandel?«, fragte eine Männerstimme, samtig, schmalzig. Cato war herangeschlichen, machte einen leichten Buckel.

»Sie sind falsch verbunden.« Romana strich verärgert eine nasse Haarsträhne aus der Stirne, knallte das Telefon auf die Unterlage.

Sie genoss das Wiedereintauchen in das warme Bad, legte sich zurück, schloss die Augen.

»So ein Störenfried. – Aber die Stimme, richtig angenehm«, sagte sie zu Cato.

»Ach, dummes Zeug!«, dachte sie dann.

Das Telefon schrillte erneut. Cato fauchte. Romana rannte los, platschnass, ohne Bademantel. Kleine Wasserlachen markierten den Weg von Badewanne zu Telefon.

»Romana Warren.«

»Ist das möglich, habe ich schon wieder falsch gewählt?«

»Es scheint so.«

»Entschuldigen Sie vielmals.«

»Macht nichts.«

Romana legte den nassen Telefonhörer sanft zurück. An ihren Schläfen tanzten Äderchen zum springenden Rhythmus des Pulses. Irgendwie war sie wie aus dem Gleichgewicht geworfen. Sie ärgerte sich darüber. Sie, eine dreissigjährige Frau in führender Position und dieses Teenager-Gehabe! Das fehlte noch.

»Diese angenehme Stimme.«

Romana ertappte sich beim Gedanken, dass es schön wäre, wenn der Unbekannte sich erneut verwählen würde. Sie zog den Bademantel über und setzte sich neben das Telefon, fuhr vor Schreck auf, als dieses schon wieder läutete.

»Romana.« Sie verzichtete darauf, den vollen Namen zu nennen, weil sie sicher war, dass sich die angenehme Stimme melden würde.

»Ich verzweifle«, sagte die Stimme schmelzend.

»Wohnt vielleicht ein Felix bei Ihnen?«

»Nein, nein. Ich bin allein hier.«

»Wie lautet denn Ihre Telefonnummer?« Die geheimnisvolle Stimme wurde immer intimer, rückte näher.

»038123312«, sagte Romana irritiert.

»Ah, das Problem liegt wohl an der Eins. Aber es ist doch eine Nummer aus der Gegend?«

Die angenehme, schnulzige Stimme vibrierte durch Romanas Körper. Catos Rückenhaare hatten sich inzwischen aufgestellt, erinnerten an einen übergrossen Igel.

»Ja, ja, ich wohne in dieser Gegend.«

Die Stille, die nun eintrat, drückte schwer, wollte die Decke herunterziehen. Romana fühlte, dass nächstens etwas Unerwartetes geschehen würde.

»Sagen Sie, Frau Warren, dürfte ich Sie besuchen? Sie sind allein, ich bin allein. Der Abend ist angebrochen. Aber, ich will nicht aufdringlich sein.«

Der Balzgesang im Telefon kroch Romana ins Mark, massierte ihre Sinne.

»Ich weiss nicht«, antwortete sie hauchend.

»Ich heisse übrigens Schwarz, Leo Schwarz.«

Als es an der Haustüre klingelte, verzog sich Cato zischend hinter den Vorhang, wo er durch einen Schlitz Blitze aus seinen Augen in die Stube schoss. Romana hüpfte herum wie ein aufgescheuchtes Huhn, rückte hier einen Stuhl zurecht, zupfte dort an einem Tischtuch. Als sie am Spiegel vorbeihuschte, machte sie kehrt, besah sich kritisch, warf eine vorwitzige Haarlocke zurück.

Wie sie ihm an der Türe gegenüberstand, fiel ihr als Erstes seine Krawatte auf, blutrot, schmal wie ein Gürtel. Der Knoten war eng gebunden. Von unten züngelte eine violette Schlange zum Knoten hoch. Romana hob den Kopf und blickte in ein kantiges Männergesicht, dessen Kinnbacken langsam mahlten.

Die Augen blitzten, röngten Romana mit einem Blick von oben bis unten. Allmählich setzte sich ein schüchternes Lächeln auf das Gesicht des Mannes, entblösste weisse Zähne. Er reichte ihr die Hand. Romana fühlte schmerzlich den Druck der drahtigen Finger.

»Da wäre ich also«, sagte Leo freundlich. Für Romana klang seine Stimme in natura noch erotischer.

»Ja, dann treten Sie bitte ein.« Leo gefiel, wie Romana lispelnd sprach, mit leichter Vibratostimme, wie sie verwirrt war.

Im Haus setzten sie sich an den Tisch, sahen einander scheu an, suchten nach Worten. Cato lauerte sprungbereit hinter dem Vorhang, liess keinen Blick von Leo.

»Was möchten Sie trinken?«, fragte Romana. Sie hatte sich inzwischen etwas gefasst.

»Was haben Sie denn?« Leo schaute sich in der Wohnung um, als wollte er hier nächstens einziehen.

»Nun, viel habe ich nicht. Einen Whysky vielleicht? Oder lieber einen Martini?«

»Ehrlich gesagt, am liebsten wäre mir ein hundseinfaches Bier.« Leo lehnte sich zurück, schlug die Beine übereinander, verschränkte die Hände hinter dem Kopf, benahm sich, als ob er hier zuhause wäre. Romana brachte das Bier, wollte es in ein Glas schenken.

»Lassen Sie das. Ich trinke lieber aus der Flasche.«

Romana staunte etwas über das ungenierte Verhalten ihres Besuchers. Sogar seine Stimme hatte plötzlich an Zauber eingebüsst.

»Sie wohnen also hier allein, in einem kleinen Haus, auf dem Lande? Haben Sie nie Angst, Frau Warren, besonders bei Nacht?«

Romana stutzte, wusste nicht, was sie von der Frage halten sollte.

»Nein. Es wünschen sich hier zwar Fuchs und Hase gute Nacht, aber ganz abgelegen wohnen wir nicht.«

»Sie sind eine mutige Frau«, sagte Leo

»Auch Frauen können mutig sein«, antwortete Romana. Dünnes Rosa floss ihr von der Stirne ins Gesicht.

»Ich habe nur feige Frauen kennen gelernt«, fuhr Leo fort. Seine Stimme war steinern geworden, enttäuschte Romana, beunruhigte sie.

»Meine Mutter buckelte vor meinem Vater, ein Leben lang. Meine Schwester tat dasselbe mit ihrem Mann. Und meine Freundinnen wiederholten das mit mir. Alles feiges Pack.«

Während er sprach, begann Leo, zeitlupenartig seinen Krawattenknopf zu lösen.

»Ist Ihnen zu heiss?«

»Wissen Sie, ich bin eigentlich ein Krawattenmuffel. Ich trage Krawatten nicht gerne am Hals. Sie schnüren zu, hemmen einen bei anstrengenden Tätigkeiten. Aber sie sind nützlich.«

Leo sagte dies alles seltsam langsam, jedes Wort unnatürlich betonend. Er entledigte sich endgültig der lästigen Krawatte, räkelte sich aus dem Stuhl. Cato steckte die Krallen in den Teppich, zeigte Zähne.

Am nächsten Tag fand die Polizei Romana. Sie hing wie ein schlaffes Kleidungsstück in der Stuhllehne. Der Kopf war ihr auf die Brust gesunken. Wie ein Vorhang fiel das offene Haar vom Scheitel herunter, bedeckte das Gesicht. Romana war tot.

»Sie ist erwürgt worden. Die Male am Hals lassen vermuten, dass die Tatwaffe eine Krawatte war«, meldete der Kriminalarzt monoton, »eine gürtelartige Krawatte.«

»Dann hat der Serienmörder wieder zugeschlagen«, sagte Kommissar Pfund lakonisch, strich sich über unrasiertes Kinn. Zwei Beamte versuchten vergeblich, einen grauen Angorakater hinter dem Vorhang herauszuziehen. Er streckte die Krallen, biss um sich und produzierte Geräusche, die aus der Hölle zu kommen schienen.

Schuhe schmecken lecker

Jetzt war er wieder da, der süssliche Modergeruch. Beharrlich setzte er sich auf den Kleidern fest, auf Jacke, Hosen, Hemd, drang vorwitzig über die Unterwäsche bis auf die nackte Haut vor. Der Single und Geschichtsstudent Thomas mochte diesen Geruch. Er holte sich ihn regelmässig im historischen Archiv von Mulano. Seine Mutter mochte den Geruch nicht. Heute Abend würde sie ihren Sohn wie immer abfangen, ihn auffordern, ihr umgehend die Kleider zur Reinigung zu überlassen und sich selbst ebenso umgehend unter die Dusche zu stellen.

Augenblicke wie jetzt im Zug, im Bahnhof von Mulano, liebte Thomas besonders. Sich gemütlich zurücklehnen, zufrieden mit der Tagesarbeit, sich in ein Buch vertiefen oder durch das Fenster die Menschen auf dem Perron studieren. Heute tanzten draussen wilde Schneeflocken ihr einstudiertes Ballett. Plötzlich konnte Thomas einen Hund ausmachen im wilden Schneegestöber, ein junger, schlanker Windhund. Mit treuherzigem Blick schaute er melancholisch zu ihm hoch. Das Tier wartete geduldig, leicht zitternd, auf Frauchen, das die Anzeigetafel über die Zugsabfahrten studierte. Thomas schnitt demTier Grimassen, zeigte ihm den Vogel, streckte ihm die Zunge heraus. Der Hund bewunderte ihn regungslos, zitterte unerschüttert weiter. Ein Windhund. Einer der Sorte, die der grausame Herzog Galeazzo Forte von Mulano im Mittelalter auf Bauern zu hetzen pflegte, wenn sie im herzöglichen Revier gewildert hatten, erinnerte sich Thomas. Diese Begebenheit aus der Geschichte hatte Thomas als Schüler sehr erregt. Ausgerechnet er war dann später von einem verrückt gewordenen Hund angefallen worden. Der Köter hatte ihm die halbe Pobacke weggerissen. Drei Wochen Spitalaufenthalt, rasende Schmerzen. Seither hasste er Hunde, fürchtete sie wie die Pest.

Thomas leistete sich jeweils den Luxus, eine Bahnfahrkarte erster Klasse zu lösen. Erste Klasse war wirklich klasse, gemütlich, warm. Platz stand ausreichend zur Verfügung. Nur wenige Leute fuhren diese Klasse. Thomas konnte also die Beine ausstrecken, sich zurücklehnen, Zeitung lesen. Dann sah er von weitem das seltsame Paar. Ein Schrank von einem Mann in Schwarz mit einem mächtigen Hund, eine Mischung zwischen Neufundländer und Bernhardiner. Er schritt über den Bahnsteig, schnurstracks auf den Wagen zu, in welchem Thomas sass. Thomas ahnte Schlimmes. Schweisstropfenglanz zierte plötzlich Stirne und Nase. Der grosse Mann in Schwarz trat in den Wagen, führte den Hund in die Nähe von Thomas, setzte sich, stellte eine schwarze Mappe neben sich auf den Sitz. Daneben auf dem Boden machte es sich der Hund gemütlich. Othello hatte ihn der Mann gerufen. Thomas fühlte sich nicht mehr wohl in seiner Haut. Am liebsten hätte er den Platz gewechselt. Es hatte ja genug freie Plätze im halbleeren Abteil. Da Thomas aber am Hund hätte vorbeigehen müssen, wagte er nicht aufzustehen. Der Hundebegleiter hatte sich inzwischen zurückgelehnt, den breiten Schlapphut in die Stirne gedrückt, den wallenden Mantel wie eine Decke um sich geschlagen. Bald einmal verriet ein leises Schnarchen, dass der Mann ins Reich der Träume abgetaucht war.

Mit drei Minuten Verspätung setzte sich der Zug in Bewegung, stuckerte zwei-, dreimal, fand den Schwung, beschleunigte. Zwei Stunden bis Grenzingen, wo er aussteigen konnte, dachte Thomas. Zwei Stunden neben diesem Untier. Sein Versuch, sich mit der Zeitung abzulenken, scheiterte kläglich. Selbst die vorbeischwebenden hermelinbemützten Ortschaften konnten ihn heute nicht begeistern. Schliesslich zog Thomas seine Schuhe aus, stellte sie neben sich auf den Boden, lehnte sich zurück und schlief erstaunlich rasch ein.

Kurz nach Termino, dem Grenzbahnhof zwischen Italien und der Schweiz, wachte Thomas auf und – war entsetzt. Der Hund hatte sich seine Schuhe gefischt und kaute jetzt auf ihnen herum. Verschwunden war sein Herrchen, ebenso die schwarze Mappe. Der Zug rollte nun in voller Fahrt durch die inzwischen eingebrochene Nacht. In etwa einer Viertelstunde würde er in den Bahnhof von Grenzingen einfahren. Dort steigt Thomas aus. Bis dann muss er seine Schuhe wieder haben. Aber was tun? Othello lag mit seiner fülligen, plumpen Gestalt kompromisslos da. Die riesigen Tatzen ruhten schwer auf den Schuhen. Genüsslich leckte er daran, die Zunge wie ein Bettlaken aus dem dunkeln Rachen hängend, den astgleichen Schwanz wedelnd. Thomas schaute sich nach Hilfe um. Aber im Abteil sassen weit weg von ihm nur noch ein älterer Mann und offenbar sein kleiner Enkel, beide einem Nickerchen frönend.

»Braver Othello«, sagte Thomas zum Hund, aber so leise, dass Othello gar nicht reagierte. Allen Mut zusammennehmend, neigte er sich etwas zum Hund vor und wiederholte: »Braver Othello, gib mir die Schuhe!« Diesmal schaute Othello auf, blickte Thomas drohend an, gab ein dumpfes Knurren von sich. Thomas' Herz rutschte in die tiefste Hose. Ein Blick auf die Uhr, noch fünf Minuten bis Grenzingen. Inzwischen begnügte sich Othello nicht mehr mit genüsslichem Lecken. Er kaute jetzt auf den Schuhen herum, beschmierte sie mit weissem Sabber. Auch wehrte er nun Thomas' Annäherungsversuche energischer ab, riss das Maul auf, fletschte die gelben Zähne, die wie Meissel im mächtigen Rachen steckten. Der Zug flitzte immer schneller durch die Nacht. Mit jeder Schienenschwelle, die er polternd überfuhr, brachte er das Unheil unerbittlich näher, Grenzingen, die Endstation für Thomas. Da tickte eine Zeitbombe, liess Adern auf Thomas Schläfen tanzen, befeuchtete seine Handinnenflächen.

In Grenzingen stiegen der alte Mann und sein Enkel aus, ohne Notiz von Thomas und Othello zu nehmen. Sie waren nun allein. Vielleicht wird jemand den Hund abholen, dachte Thomas, klammerte sich an den letzten Strohhalm. Dann aber wars höchste Zeit. Er musste schleunigst aus dem Zug steigen, sonst würde er weiterfahren. Draussen schneite es leicht. Wie auf allen Bahnhöfen im Dezember zog es eisig durch die Gegend. Die Kälte machte rote Nasen und klamme Finger. Und in dieser unwirtlichen Umgebung stand nun Thomas barfuss auf dem verschneiten Perron, erregte nicht wenig Aufsehen.

Wie ein Storch vorsichtig staksend, mit den Zähnen klappernd, suchte Thomas das Büro der Bahnhofsverwaltung auf. Im Büro klebte dunstige Wärme an den Wänden. Uniformierte Beamte sassen hinter uniformen Pulten, steckten die Nase tief in bunte Formulare. PCs schnurrten um die Wette, Umdrucker speiten Unmengen von Papier in bereitstehende Behälter.

»Was ist denn mit Ihnen?«, fragte ein Beamter, räkelte seine fast zwei Meter aus dem Sessel, trug sie zu Thomas.

»Es, hm, es ist mir äusserst peinlich«, sagte Thomas, stotterte wie ein kleiner Junge vor strengem Lehrer.

»Othello wollte mir meine Schuhe nicht wiedergeben.«

»Wer ist Othello?«

»Ein grosser Hund.«

»Und dieser Hund, Othello, hat Ihre Schuhe?«

»Ja.«

Der Beamte schaute misstrauisch auf Thomas herunter. PCs und Umdrucker verstummten. Die ganze Büromannschaft hatte inzwischen innegehalten, starrte gebannt auf Thomas. Plötzlich schnaubte und zischte es aus dem Zweimeterbeamten hervor, schallendes Lachen, in welches das ganze Büro einstimmte.

»Nun aber im Ernst«, sagte Zweimeter. »Das ist dann eine Angelegenheit der Bahnpolizei und – entschuldigen Sie bitte unser Lachen, aber so etwas haben wir hier noch nie erlebt.«

Bei Thomas` Geschichte zog der Mann von der Bahnpolizei seinen Mund zusammen, als hätte er Rizinusöl geschluckt. Dann aber stellte Herr Block professionell seine Fragen, zeigte grosses Verständnis für Thomas. Wie dieser im Verlauf der Befragung zufällig aufblickte, durchs Fenster sah, wollte ihm das Herz stillstehen. Othello trottete gemütlich, die Schuhe immer noch in der Schnauze, übers Perron. Ein jüngerer Mann begleitete ihn, lockte ihn mit Zurufen, ihm zu folgen.

»Da!«, schrie Thomas. »Das ist Othello!«

»Los!«, befahl da Block und stürmte mit zwei Männern hinaus.

Nach kurzer Zeit erschienen sie wieder, mit Othello. Aus den Schuhen in der Hundeschnauze tropften grosse Mengen von Sabber auf gebohnerten Büroboden.

»Der Kerl ist uns entwischt!«, sagte Block. »Den werden wir wohl nicht so bald wiedersehen. Aber wir haben ja seinen Hund, ist doch auch schon was.«

Die Leute verschwanden mit Othello in einen Nebenraum.

»Das wird jetzt eine Weile dauern«, sagte ein Polizist zu Thomas.

»Möchten Sie einen Kaffee? Und hier, schlüpfen Sie in diese Pantoffeln. Sie zittern ja.«

»Danke«, sagte Thomas, war froh um die warmen Pantoffeln. Den Kaffee lehnte er bedauernd ab. Ihm war speiübel. Dann kamen sie zurück. Herr Block hielt beide Hände auf den Rücken, grinste zu Thomas hinüber.

»Rechts oder links?«, fragte er Thomas, mit dem Kopf auf seine Hände hinter dem Rücken weisend. Plötzlich hielt er Thomas die rechte Faust vor die Nase, öffnete sie ganz langsam. In der offenen Hand glitzerten kleine Steinchen, tummelten sich im Schein der Bürobeleuchtung. Thomas rieb sich die Augen.

»Was ist das?«, fragte er.

»Das sind Rohdiamanten, 23 an der Zahl.«

»Und wo kommen die her?«

»Die steckten in Othellos Halsband.«

»Aber, da war doch gar kein Halsband.«

»Doch, doch. Othello hat ein dichtes Fell, geradezu mehrere Pelzmäntel übereinander. Ein ideales Versteck.«

»Und wie kommt Othello zu den Diamanten?«

Block erklärte, dass Diamanten immer wieder geschmuggelt würden, von einem Land ins andere. Der schwarze Markt schlage zurzeit hohe Blüten. Othello sei in diesem Fall als Transportmittel benutzt worden, vom schwarzen Mann bis an die Landesgrenze begleitet.

»Die kurze, aber kritische Strecke der Grenzüberquerung von Termino bis Grenzingen, konnte der Schwarze den Hund getrost allein lassen. Er war ja so heftig mit Ihren Schuhen beschäftigt. Die durch Handy benachrichtigten Komplizen holten Othello in Grenzingen ab. So einfach ist das.«

Plötzlich hatte Block grösste Eile. Er rollte die Diamanten in ein Papier, steckte das entstandene Päcklein in seine Westentasche.

»Ja, Sie wurden zufällig Opfer dieses Diamantenschmuggels. Sie haben aber viel zur Aufklärung des Falles mitgeholfen.«

Block redete jetzt schneller als vorher, wischte sich den Schweiss von der Stirne.

»Nun, das nützt mir jetzt nicht viel.« Thomas dachte nur noch an sein warmes Bett, das daheim auf ihn wartete.

»Oh, sagen Sie das nicht. Unser einschlägiges Reglement sieht dafür Belohnungen vor. Und die Schuhe werden wir Ihnen selbstverständlich ersetzen.«

Block eilte, nein, er spurtete geradezu wieder in den Nebenraum, kam nach längerer Zeit, länger als sein überstürzter Aufbruch hätte vermuten lassen, mit ein Paar Schuhen zurück.

»Damit Sie heimlaufen können. Schuhe aus unserem Lager, unserem Schuharchiv sozusagen.«

Thomas zog sich die Schuhe über seine immer noch klammen Zehen, schnürte sie.

»Etwas hohe Absätze«, sagte Thomas.

»Das ist heute Nacht von Vorteil. Mit hohen Absätzen lässts sich leichter durch den Schnee stapfen. Später können Sie ja die Schuhe wegwerfen. Aber, vielleicht werden Ihnen die Schuhe ja sogar gefallen.«

Thomas wunderte sich über den plötzlich geheimnisvollen Ton in Blocks Stimme und den nicht minder geheimnisvollen Blick, den er ihm zuwarf.

Die Mutter erwartete Thomas bereits im Treppenhaus.

»Um Gotteswillen, Thomas. So spät bist du noch nie von Mulano heimgekehrt.«

»Ich erzähle dir morgen alles, Mutter, bin hundemüde.«

»Aber gib mir die Kleider und geh unter die Dusche.«

Thomas hätte sich am liebsten in den Kleidern aufs Bett geworfen. Aber er wusste, dass dies aussichtslos war.

Mutter erwartete ihn schon wieder vor der Dusche, als Thomas lendenbeschürzt herauskam. Sie hielt in der einen Hand den

Schuh aus dem polizeilichen Schuharchiv und in der anderen den dazugehörigen Absatz.

»Was sind denn das für Schuhe, Thomas? Das sind nicht deine.«

»Lass nur, Mutter. Morgen, morgen werde ich dir alles erklären.«

»Beim Putzen des Schuhs ist der Absatz abgebrochen. Was jetzt?«

»Alles in Ordnung, Mutter. Gib mir den Schuh. Gute Nacht!«

»Endlich allein«, sagte Thomas zu sich selber, warf Schuh und Absatz in die entfernteste Ecke seines Zimmers. Was ist das jetzt? Der Absatz war beim Aufprall auf den Boden in zwei Teile auseinandergefallen. Thomas hob die beiden Teilchen empor, entdeckte im grösseren eine Aushöhlung und darin ein kugeliges, in Papier gewickeltes Ding. Nur mit Mühe konnten seine zitternden Hände das kleine Papier loslösen. Na, das hatte er doch heute schon einmal erlebt. Aus dem Papier glänzte ihm ein ganz kleines Steinchen entgegen, ein Rohdiamant. Thomas raufte sich das Haar, zwickte sich selber in den Arm. Der leichte Schmerz bestätigte ihm, er träumte nicht. Dann bemerkte er das kleine Papier auf dem Boden. Er hatte es vorhin achtlos weggeworfen. Da stand ja etwas geschrieben.

»Eine kleine Entschädigung für die Umtriebe. Gruss B.« Thomas las die wenigen Worte noch einmal und dann wieder. Er konnte sich keinen Reim auf dies alles machen.

»Das Telefonbuch. Wo ist das Telefonbuch?«

Thomas brauchte sehr lange, bis er die gesuchte Nummer gefunden hatte.

»Bahnpolizei, Grenzingen.«

»Ich möchte Herrn Block sprechen, schnell«, sagte Thomas.

»Herr Block ist nicht mehr da«, antwortete der Mann von der Nachtschicht.

»Wo kann ich ihn erreichen?«

»Das weiss ich nicht.«

»Wie? Sie müssen doch wissen, wo Ihr Mitarbeiter wohnt.«

»In diesem Fall nicht. Wissen Sie, wir haben Herrn Block heute zum ersten Mal gesehen. Er arbeitet sonst nicht hier. Heute tauchte er unerwartet bei uns auf, um als Betriebsinspektor unsere Arbeit zu beurteilen, wie er sagte.«

Thomas griff sich Band zwei seines Lexikons mit den Stichwörtern »Bittgang« bis »Drechsler«. Den Begriff »Diamant« fand er im Nu.

Der gelbe Zettel

Ein kaum merklicher Luftzug streichelte die Fenstervorhänge der engen Bankfiliale, als sich die Eingangstüre lautlos öffnete. Die junge Frau hinter dem Bankschalter, Frau Sorg, und die Rentnerin Martens, welche sie soeben bediente, ahnten nichts. Eine hohe Gestalt in schwarzer Ledermontur legte die Türe hinter sich leise ins Schloss, rückte seine schwarze Strickmütze mit Sehschlitz zurecht, machte einen Schritt nach vorne. Dabei stiess er mit schwarzem, stiefelbewehrtem Fuss an ein Tischchen, stürzte die Blumenvase um.

Frau Sorg blinzelte ungläubig durch modische Brille, liess den Kiefer wie einen Deckel nach unten klappen. Einer Wildkatze gleich sprang die Ledermontur nach vorne, fuchtelte heftig mit einer kleinen Pistole in der rechten, ausgestreckten Hand. Am Schalter knallte er eine Aktenmappe auf den Tresen, legte einen irgendwo nachlässig herausgerissenen gelben Zettel vor.

»Lies!«, rief er zischend. Frau Sorg war aschfahl geworden, beugte sich jetzt über den Zettel. Dabei rutschte ihr die modische Brille über die schweissperlglänzende Stupsnase. Die Kassiererin konnte nur Nebel ausmachen, sah resigniert auf.

»Ich kann…«, sagte sie hauchend. Der Schwarze hob die Pistole, feuerte einen Schuss in die Decke. Gips regnete herunter, trommelte auf einen PC. Frau Martens sank geräuschlos zu Boden.

Der Kassiererin sprang der Schweiss aus den Haaren. Sie glaubte, ihr letztes Stündlein sei gekommen. Mit letzter Kraft griff sie zur abgerutschten Brille, vergriff sich zitternd zweimal, begann den gelben Zettel zu lesen. Dann knickte sie ein, schlug mit dem Kopf klatschend auf die Schaltervorlage. Die schwarze Linke des Gangsters griff in die vollen Locken der jungen Frau, riss sie hoch. Mit der andern Hand versetzte er ihr eine scharfe Ohrfeige. Wie die Ohnmächtige aufwachte, blickte sie direkt in den Lauf der Pistole.

»Jetzt aber los, sonst bist du tot!«, zischte es erneut aus der Strickmütze. Die Frau stützte sich auf ein nahes Pult, entnahm der Schublade einen Schlüsselbund, torkelte schlüsselklirrend zum Tresor.

»Schnell, verdammt!«, hörte sie hinter sich. Sie gehorchte, verfehlte mehrmals die Einstecklöcher, wankte, hielt sich am Tresor fest, stellte endlich die Kombination ein, konnte den Tresor öffnen. Der Mann warf ihr die Aktentasche zu, welche sie mit den vorhandenen Geldscheinen füllte, zurückschleppte, dem Bankräuber übergab. Rückwärts pirschend, die Pistole im Anschlag, stolperte dieser über die immer noch ohnmächtige Rentnerin am Boden, fluchte, riss die Türe auf, verschwand. Kurz darauf heulte ein Motor auf. Das Geräusch versickerte rasch in der Ferne.

Zum zweiten Mal an diesem Morgen strich ein leichter Luftzug durch die offen gelassene Türe in die enge Bankfiliale, wirbelte einen gelben Zettel hoch, liess ihn schmetterlingsleicht zu Boden flattern. Die Kassiererin drückte einen roten Knopf unter dem Schalter, strich auf dem Telefon über drei Ziffern, beugte sich zur Rentnerin auf dem Boden.

»Frau Martens, aufwachen. Es ist vorbei.« Die alte Frau kam wieder zu sich und staunte. Dann liess sie sich zu einem Stuhl führen und setzte sich. Polizei und Ambulanz fuhren gleichzeitig vor, um die Wette blinkend und heulend. Da begann die malträtierte Frau Sorg plötzlich zu lachen, hysterisch erst, dann hyänenhaft bellend, Tränenwasser auf bleicher Wange.

»Nervenschock«, sagte der Sanitäter lakonisch. »Sie muss ins Krankenhaus.«

Ein Polizebeamter hob mit einer feinen Pinzette den gelben Zettel vom Boden und las:«Ich schiesse sofort, wenn Sie Alarm geben. Alles Geld in diese Tasche.«

»Da hat einer vergessen, seine Spuren zu verwischen«, sagte der Beamte zu sich selber.

Die konkurrenzlose Sonja

Einen Stock in der Luft herumwirbelnd, schreit sich Franziskus Mader die Stimme aus der Seele. Seine »Sonja«, eine untersetzte, pechschwarze Kuh der Eringerrasse, steht im Finalkampf. Ein schwerer Kampf, denn »Brigitte«, die Gegnerin, verteidigt ihren Siegertitel schon zum zweiten Mal. Die beiden kräftigen Tiere stemmen sich vor Anstrengung zitternd Stirn gegen Stirn und versuchen, einander wegzuschieben. Wem das gelingt, ist Sieger. »Sonja« war soeben in Schwierigkeiten geraten. Ihr linkes Hinterbein, wie ein Betonpfeiler in die Erde gepflanzt, musste für einen Moment zurückweichen. Das veranlasste Franziskus Mader zu seinem Gemütsausbruch, bei welchem ihm nun auch noch der Hut in die Arena gepurzelt ist. Dies stört ihn aber wenig, denn jetzt hat »Sonja« wieder Fuss gefasst. An ihrem glänzenden Fell glitzern die Schweisstropfen wie Perlen in der prallen Sonne. Dampffontänen zischen aus den Nüstern und die schwarzen Kulleraugen rollen wild hinter zittrigen Lidern. Der gedrungene Schädel drückt einem Rammbock gleich in die Stirne der Gegnerin. Diese hält noch stand. Ihre mächtigen Muskeln atmen. Ein leichtes Zittern vibriert durch den schweissnassen Körper. Dann – plötzlich streckt sie eine mächtige, rote Zunge wie ein Tischtuch aus dem geifernden Mund, wendet sich ab und trottet erschöpft davon. Die Zuschauer heulen vor Begeisterung. Nach einem gewagten Sprung über die Absperrung rennt Franziskus Mader in die Arena und umarmt »Sonja«. »Das hast du super gemacht, meine Prinzessin«, flüstert er ihr ins Ohr. Mit dem Taschentuch wischt er über die Schleim geifernden Lefzen seines Lieblings. Wieder ein Höhepunkt mehr in Franziskus Maders leidenschaftlicher Freizeitbeschäftigung, Lehrer von Beruf.

Morgen sitzt er wieder vor seiner Klasse, einundzwanzig Mädchen und Knaben des neunten Schuljahres. Und wieder werden die Jugendlichen ihn zu »Sonjas« Leistung beglückwünschen und ihn mit Fragen bombardieren und so geflissentlich die Schularbeit verhindern. Und Franziskus Mader wird erzählen und die Welt vergessen. Auch das Umfeld in dieser Klasse trägt Spuren des Lehrer-Hobbys. Zooluft hat sich hier eingenistet. Da kann noch so fleissig gelüftet werden, der Tiergeruch lässt sich nicht vertreiben. Franziskus Mader selber strömt diesen Geruch aus. Seine Haare tun dies, sein Mund und seine Hände. Die Kleider riechen penetrant nach »Sonja«. Eins geworden mit Franziskus schwebt der Duft über den Köpfen der Schüler und verharrt dort noch hartnäckig, wenn der Verursacher das Feld schon lange geräumt hat. Das wissen die abendlichen Putzfrauen zu bestätigen. Und der Geruch wird wohl noch über Franziskus' Tod hinaus wehen und an den tiernärrischen Lehrer erinnern.

Im Zeichnen legt Franziskus Fotos von »Sonja« auf, verweist auf die Zuchtstärken des Tieres, bevor er die Vorlagen kopieren lässt. Hemingways Stierkämpfe analysiert er im Deutschunterricht. Der Naturkundeunterricht besteht aus einem einzigen Thema: Das Rind, die Freudenquelle des Menschen. Im Religionsunterricht schlachtet er die Geschichte vom Goldenen Kalb derart naturkundlich aus, dass das Schuljahr nicht ausreicht, weitere Themen zu behandeln. Eng aufgeklebt wie Tapeten schmücken Zeichnungen und Fotos von Kühen die Wände des Schulzimmers. Auf dem Lehrerpult wachsen Figürchen kleinerer und grösserer, brauner, schwarzer und gefleckter Rindviecher aller Rassen wie Gemüse empor. Selbst die Lampen an der Decke vermindern ihre Leuchtkraft, da sie von Kuhbildern überhangen und zugedeckt sind.

Wenn Franziskus Mader auch aufgeht in seinem Hobby und seine Lebensfreude steigert, sind darüber nicht alle glücklich. Die Eltern seiner Schüler erachten Maders Unterricht als zu einseitig. In solchen Momenten lädt sie Mader ein, an seinem Unterricht teilzunehmen. Oft gelingt es ihm, die Besucher zu begeistern. Aber das dauert meist nur kurze Zeit. Die Schulbehörde hat dem Lehrer schon oft Auflagen diktiert. Aber sie rennen gegen einen Felsen an. Irgendwie gelingt es niemandem, diesen Naturburschen mit seinem verrückten Hobby zur Raison zu bringen. Höllisch freut sich Mader, wenn seine Schüler nach der obligatorischen Schule einen Tierberuf erlernen, als Tierpfleger etwa oder gar Bauern werden wollen. Selbst seine begabteren Schüler konzentrieren sich später im Studium nicht selten auf die Zoologie oder Tiermedizin. Das sind dann Maders Trümpfe, die er auszuspielen pflegt, wenn sein Unterricht mal wieder in Frage gestellt wird.

»Sonja« kann sich auf wertvolle, noble Vorfahren berufen. Ihr Vater war der teuerste Zuchtbulle in der Gegend, für dessen Dienste Mader etliche Monatslöhne auf den Tisch geblättert hatte. An dem Tag, als sich »Sonja« im Bauch ihrer nicht minder edlen Mutter angekündigt hatte, war Mader nicht mehr zu halten. Nicht, dass er sich sinnlos besoffen hätte. Nein, er studierte seine Zuchtbücher und beschloss, dass aus dem sich bildenden Leben eine Kampfkuh werden sollte. Seine Gedanken über das Zuchtverfahren notierte er bis spät in die Nacht in ein neues Zuchtbuch, auf dessen Deckel er mit grossen, schwunghaften Buchstaben SONJA geschrieben hatte. Dann latschte er in den Stall, bedankte sich bei dem trächtigen Tier, schob ihm einen Leckerbissen in den Mund und legte sich schliesslich neben der werdenden Mutter ins Stroh, wo er nach kurzer Zeit in einen tiefen Glückseligkeitsschlaf fiel.

Franziskus Mader ist ein sogenannter Single. Er lebt allein in einem kleinen Haus, das sich neben dem grosszügig gebauten Stall mickrig ausnimmt. Natürlich gabs auch Frauen im Leben von Franziskus Mader. Und was er diesen an Abenteuerlichem zu bieten hatte, mochte für einige Zeit noch interessant sein, originell zumindest. Aber irgendwann kam jedesmal der Zeitpunkt, wo er sich entscheiden musste, zwischen der Frau und seinem Hobby. Franziskus schlug sich nicht schlaflose Nächte um die Ohren, um zu wissen, wohin sein Weg führte. Er bedauere sehr, pflegte er den Frauen zu sagen und blieb bei seinen Kühen. Es scheint, dass diese ihm ein ebenso sinnvolles und erfülltes Dasein ermöglichen, wie das eine Frau und Famile zu tun imstande wären.

Die Schüler hatten ihren Lehrer eines Tages gebeten, ihnen »Sonja« doch mal in natura vorzuführen. Das war aber nicht so einfach. Mader liess vorsichtshalber keine fremden Menschen in seine Stallungen. Das Risiko einer eingeschleppten Seuche wollte er keinesfalls eingehen. Und die »Sonja« ins Schulhaus bringen? Da müsste zuerst allerlei vorgekehrt werden. Aber Franziskus wäre nicht Franziskus, hätte er keine Lösung gefunden. Nach dem Motto »Kommt der Prophet nicht zum Berg, geht der Berg halt zum Propheten«, beschloss er, »Sonja« zu Besuch ins Schulhaus einzuladen.

An besagtem Morgen führte also Franziskus Mader »Sonja« ins Schulhaus. Zur Feier des Tages hatte er ihr die grösste Glocke um den Hals gehängt und ihre Hörner mit bunten Bändern geschückt. Ihr Fell schimmerte vor Glanz und die Hufe prangten in fettem Wichse-Schwarz. Selbst die Zähne hatte Franziskus ihr geputzt und den Schwanzbüschel sorgfältig gekämmt. Auf dem Pauseplatz vor dem Schulhaus brachen die wartenden Schüler in ein Freudengeschrei aus, als die zwei auffälligen Gestalten anmarschierten. Nach einigem Zögern war »Sonja« bereit, durch die weit offene Schulhaustüre zu watscheln und die Eingangshalle zu betreten. Ihr begrüssendes »Muuh« widerhallte von den blanken Wänden und erschreckte die Verursacherin derart, dass sie auf den gebohnerten Boden urinierte. Darauf war Franziskus aber vorbereitet. Im Nu waren Kübel mit Wasser und Besen zur Stelle und die Urinlachen beseitigt. Während er geschäftig den Boden reinigte, unterliess es der Lehrer nicht, seinen Schülern die Nieren – und Blasenfunktion von »Sonja« zu erklären. Eine erste Unterrichtseinheit, wenn auch nicht direkt geplant, war damit anschaulich über die Bühne gegangen. Im Schulzimmer musste »Sonja« auf ein niedriges Podest steigen und sollte sich nun möglichst still verhalten. Die Schüler durften in einem ersten Schritt das Tier von der Nähe begutachten, es betasten und streicheln. Nach dieser engen Kontaktnahme mit dem Lerngegenstand folgten sie mit halb geöffneten Mündern den Ausführungen ihres Lehrers. Von solch interessierten Schülern hätte wohl manch eine Lehrperson nur träumen können.

Das Ereignis blieb in der Kleinstadt natürlich nicht unbemerkt und hatte ein Nachspiel, das Franziskus Mader, aber auch der Stadt eine neue Zukunft bescheren sollte. Nun sei der Krug lange genug zum Brunnen gegangen, verkündete ein verärgerter Schulpräsident. Jetzt müsse etwas geschehen. Beinahe wäre es Lehrer Mader noch einmal gelungen, den erbosten Vorgesetzten vom Nutzen seiner Tat zu überzeugen. Er solle doch mal die Schüler fragen. Die wären alle begeistert und hätten bei der Vorstellung viel gelernt, was im Leben von Bedeutung sei, argumentierte der Lehrer. Und zudem wisse doch heute jedermann, dass Anschaulichkeit im Unterricht zu den erfolgreichsten Methoden zu zählen sei.

Franziskus Mader sah sich schliesslich einmal mehr vor eine Entscheidung gestellt, die Schule oder das Hobby. Diesmal wälzte sich der bedrängte Mann doch einige Nächte lang auf seinem Bett beziehungsweise im Stroh neben »Sonja«. Seine Schüler marschierten mit Transparenten zum Schulpräsidenten und standen für ihren originellen Lehrer ein. Aber es nützte alles nichts. Die Behörde blieb hart. Franziskus Mader hat seinen Dienst quittiert. Mit ausgeklügelten Methoden züchtet er heute erstklassige Tiere. Wer sich zum Ziel gesetzt hat, eines Tages stolzer Besitzer einer siegreichen Kampf- oder Stechkuh zu werden, pilgert zu Franziskus Mader, in seine moderne Zuchtanstalt. Aber auch Tiere zur erfolgreichen Milch- oder Fleischproduktion können bei der Firma Franziskus Mader bestellt werden. Das Geschäft floriert und bringt der Stadt jährlich willkommene Steuerbatzen ein. Ueber Maders Stallungen aber leuchtet nachts eine auffällige Reklame: ein riesiger Kuhkopf mit einer goldenen Krone zwischen den Hörnern, darunter in geschwungenen Buchstaben »Rinderzucht Sonja«.

Apoll muss leiden

Der Strassenasphalt schwitzt unter praller Sonne. Im flimmernden Hitzenebel liegt auf der Strasse ein schwarzer Körper. In Bauchlage, mit Armen schlaff neben dem Körper. Ein Bein angewinkelt, das andere steif ausgestreckt, einem riesigen angeschlagenen Käfer ähnlich. Neben ihm auf dem Boden schaukelt monoton ein Helm hin und her, als ob er etwas verneinen wollte. Am Strassenrand liegt die schwere Honda, die Lenkstange wie Stierhörner zur Seite geneigt. Letzter Rauch schlängelt sich aus metallenen Röhren. Abgehoben vom Grund dreht sich in der Luft das Vorderrad. Nachdem Ulysse unkonzentriert Kupplung und Bremse verwechselt hatte, bockte die schwere Maschine, warf ihren Reiter ab. Der Unglückliche landete übers Vorderrad auf der Strasse, wo er nun daliegt, den Schock in den Knochen, belämmert.

Vorgestern erst musste sein zwanzigjähriger Sohn Edgar beim Festessen zu Ehren der fünfzig geleisteten Lebensjahre seines Vaters wieder so eine saublöde Bemerkung machen.

»Ja, dein Bizeps ist schlaff geworden, lieber Paps,« sagte er spitz, als Ulysse hemdsärmelig am Tisch sass. »Die Natur fordert eben ihr Recht.«

Dabei zwinkerte der liebenswürdige Spross seiner Mutter zu und diese zwinkerte prompt zurück. Das war zuviel für Ulysse. Geräuschvoll schleuderte er das Essbesteck auf den Teller, erhob sich noch geräuschvoller und quittierte seinen Abgang mit dem lauten Knall einer zugeschlagenen Türe.

Das wollte er noch sehen, sagte sich Ulysse, im Garten auf und ab streichend. In verschiedener Hinsicht nähme er es noch mit manchem jungen Schnösel auf. Eindrucksvoll explodieren, klar das können sie. Aber wenns ums Durchhalten geht, da knicken die Weicheier ein. Und überhaupt, er war immer als rassiger und sportlicher Mann bewundert worden. Ein richtiger Apoll war er. Die heimlichen Blicke der Frauen – er hatte sie genossen, kann sich das heute noch leisten. Ja, Frauen hätte er haben können – und nicht etwa, weil er reich gewesen war. Aber er hatte Prinzipien. Sich sonnen im wohlgesinnten Licht der weiblichen Reize, klar. Aber Seitensprünge, nein. Das hätte er seiner Yvonne nie antun mögen. Dass sie jetzt die unfairen Anspielungen des gemeinsamen Sohnes unterstützt, ist der Dank für seine Anständigkeit. Verrat ist das! Noch lange haderte der in seinem Stolz verletzte Mann mit sich und der Welt. Inzwischen hatte sich die Sonne den Horizont übergestülpt. Der Tag verblasste und liess einen verstörten Apoll zurück. In seiner Seele aber reifte der Wunsch, es ihnen nochmal zu zeigen.

Ulysse hatte nicht gut geschlafen in dieser Nacht. Zerknittert wälzte er sich schon früh aus dem Bett, schlurfte ins Bad und – stutzte. Sein Spiegelbild grinste ihn an. Nicht schmeichelhaft, was es zu bieten hatte.

»Mein Gott, bin das wirklich ich?«, fragte er sich selber.

»Jetzt mach bloss keinen Aufstand. Du hast schlecht geschlafen. Da bleiben schon Spuren zurück.«

Yvonne war Ulysse unbemerkt nachgeschlichen. Sie machte sich Sorgen um ihren Mann. Seit einiger Zeit konnte sie beobachten, wie der eitle Gockel darunter litt, dass sich bei ihm allmählich Abnützungserscheinungen bemerkbar machten. Damit war nicht zu spassen.

»Du hältst besser den Mund, du undankbares Geschöpf.«

Er drängte sie zur Türe hinaus und verriegelte diese hinter sich. Dann wagte er erneut einen Blick in den Spiegel, kniff aber gleich darauf die Augen zusammen. Sein Herz sprang ihm an die Kehle. So verharrte er still, hielt sich mit beiden Händen am Lavabo fest.

»Jetzt aber solltest du endlich ehrlich zu dir sein«, sagte er sich nach einer Weile.

»Ich muss Inventar machen. Dieser Kelch geht nicht an mir vorüber. Gott helfe mir.«

Ulysse stellte als erstes fest, dass sein Haarscheitel breiter geworden war, eine Autobahn in der Haarlandschaft. Mausgrau schien allmählich die schwarze Vorherrschaft auf seinem Haupt zu bedrängen, eigentlich neckisch schick. Auch die zwei Furchen, die seine Stirne durchzogen und die Äderchen, die an seinen Schläfen tanzten, fand er reizend. Hingegen missfielen ihm die Augensäcke. Sie bescherten seinem Gesicht etwas Eulenhaftes. Mit beiden Zeigefingern massierte er rhythmisch die lästigen Beutel.

»Da kann man etwas machen«, sagte er, sich tröstend.

Die Wangen hatten am meisten gelitten, erinnerten irgendwie an herunterhängende Wäsche. Ulysse spitzte wiederholt den Mund und zog ihn anschliessend in die Breite, um diese Wangen zu beleben. Plötzlich erinnerte er sich an einen guten Bekannten, Dr. Amuth, den Spezialisten für plastische Chirurgie. Er nahm sich vor, ihn nächstens zu konsultieren.

An diesem Vormittag mietete sich Ulysse ein Motorrad, eine schwere Honda VTX 1300 mit der Aufschrift »The Power of Dreams«, dazu die Lederkombination und den Helm. Im Fachgeschäft stand Ulysse wieder vor dem Spiegel, in schwarzem Lederanzug. Er war begeistert. Umständlich setzte er sich in Pose, erinnerte allmählich an einen balzenden Auerhahn. Komplimente regnete es prompt vom zweimetrigen Verkäufer herab.

»Aber«, sagte dieser, aus Verantwortungsgefühl einen scheuen Einwand wagend, »seien Sie ja vorsichtig. Die Maschine hat einen starken eigenen Willen.«

»Das lassen Sie nur meine Sorge sein«, antwortete Ulysse. »Was meinen Sie, wie ich früher durch die Geografie gerast bin? Sowas verlernt man nicht.«

Er drehte sich noch einmal in Zeitlupe vor dem Wandspiegel, vollführte einen Ausfallschritt, wippte auf den Zehenspitzen auf und ab, stemmte die Hände in die Hüften, war mit sich zufrieden, genoss den Augenblick.

Die Maschine mit dem starken Willen zeigte sich verdächtig friedlich. Sie schnurrte katzenhaft, vibrierte unter Ulysses Gesäss bis in seine Fingerspitzen, ermunterte zu mutigen Taten. Ulysse schwebte auf Watte, sass Etagen über dem siebten Himmel. So etwas hatte er schon lange nicht mehr erlebt. Einem oskarwürdigen Landschaftsfilm gleich strich die Gegend an ihm vorüber. Die Strasse schmiegte sich ihm entgegen, bog sich, als wollte sie ihn locken. Die gereckten Giraffenhälse von Bewunderern an der Strasse standen ihm Spalier, schenkten ihm einen cäsarischen Triumphzug. Ulysse gab Gas. Die Honda heulte auf, sprang vor wie ein Kampfhund. Jetzt doch etwas erschrocken, nahm Ulysse das Gas sofort zurück und liess wieder das Kätzchen schnurren. Er zog es vor zu geniessen, anstatt sich voll auf die Maschine zu konzentrieren. Im Moment wünschte er sich nichts sehnlicher, als dass Edgar und Yvonne ihn sehen könnten. Die würden Augen machen… Da warf es ihn durch die Luft.

Almählich verlässt Ulysse nun den halbschschlafähnlichen Zustand. Er stellt fest, dass die Strasse leer ist. So weit er sehen kann, bewegt sich nichts. Mühsam richtet er sich auf, spürt einen reissenden Schmerz in seiner rechten Schulter. Nur mit letzter Anstrengung kann er sich wieder auf die Beine und die Honda auf die Räder stellen. Die Fahrt zurück war kein Triumphzug mehr. Ulysses aschgraues Gesicht unter dem plötzlich zu mächtigen Helm erinnerte an eine Mumie. Geduckter

70

Kopf, gebückter Rücken, ein riesiger Katzenbuckel schlich da durch die Gegend. Letztere hatte sich aus dem Oskarfilm verabschiedet, versteckte sich vor Ulysse. Die Watte über dem siebten Himmel war zu gekörntem Gestein erkaltet.

Yvonne erschrak, als sie die schwarze Gestalt durch den Garten humpeln sah. Sie erkannte Ulysse nicht, dachte an einen betrunkenen Herumstreicher. Schon wollte sie zur Türe eilen, um sie zu verriegeln. Da schüttelte sie die Erkenntnis wie ein Stromschlag.

»Um Gotteswillen, Ulysse, was ist passiert?«, schrie sie durch das aufgerissene Fenster.

Ulysse antwortete mit einer müden Armbewegung, Resignation. Im Haus liess er sich anstandslos ausziehen, waschen und notdürftig verarzten. Zusammen mit dem herbeigerufenen Edgar fuhr Yvonne ihren Mann ins Spital, auf die Notstation. Hier flatterten zwei junge Schwestern mit einer rollenden Tragbahre auf die drei zu, wandten sich sofort an Edgar, meinten, er müsse der verwegene Motorradfahrer sein.

»Nein, nein, der da, nicht ich!«, schrie dieser, zeigte mit dem Finger auf seinen Vater.

»Ach so?«, antworteten die weissen Engel singend. Sie waren sichtlich enttäuscht, stiessen den Apoll eher unsanft auf die Bahre. Um ihn zurecht zu legen, berührten sie ihn mit Fingerspitzen, als ob sie sich ekeln würden.

»Der Herr erlebt wohl den dritten Frühling, wie?«, sagte der eine Engel, lief dabei derart über vor giftigem Spott, dass selbst Kröten vor Neid erblasst wären.

Ulysse konnte diese Kränkung nicht mehr hören. Er hatte schon lange abgestellt, sich von der bewussten Wahrnehmung verabschiedet.

Die zufriedene Pechsträhne

Am Morgen summte der Radiowecker leise Takte aus Beethovens Pastorale. Allmählich steigerte er die Lautstärke, da niemand reagiert hatte. Dies wäre von Thomas erwartet worden, der tief in den Kissen lag.

»In Jerusalem kam es gestern Abend zu neuen Zwischenfällen«, informierte das Radio nun bereits in einem Ton, der nicht mehr Zimmerlautstärke genannt werden konnte. Ein leicht aus dem Rhythmus gefallenes, stuckerndes Schnarchen war das erste Signal dafür, dass Thomas seine Lebensgeister allmählich aktivierte. Er schlug die Augen auf. Aus dem Display des Weckers grinste ihm höhnisch die Zahl 0806 entgegen. Gleichzeitig gab der Nachrichtensprecher die aktuelle Zeit durch: »Es ist inzwischen acht Uhr und sechs Minuten geworden, meine Damen und Herren.«

In einem gewaltigen Satz sprang Thomas aus dem Bett und landete auf dem linken Fuss, stolperte, stürzte.

»Verdammt, ich habe mich doch noch nie verschlafen. Wie spät ist es denn eigentlich?«

Wie ein Blitz schüttelte ihn plötzlich die Erleuchtung. Er hatte gestern vergessen, die Sommerzeit einzustellen. Es war also bereits acht Uhr vorbei.

Auf dem Weg zum Badezimmer drückte er noch hastig ein Brötchen in den Toaster. Ans Rasieren war nicht mehr zu denken. Mund spülen, Augen auswischen, in die Kleider. Angezogen machte Thomas schliesslich einen vergammelten Eindruck. Der Hemdkragen stand schief. Aus dem offenen Hosenschlitz guckte verschmitzt ein Hemdzipfel hervor. Das Bändel des rechten

Schuhs schleifte ungeknöpft über den Boden. Der Toaster hatte inzwischen ein verkohltes Brötchen ausgespuckt. Thomas warf es in den Abfallkübel und stürmte fluchtartig aus der Wohnung.

Auf dem Treppenhaus stolperte er über den herumschleichenden schwarzen Kater des Nachbars, was dieser mit unwilligem Fauchen quittierte.

»Dieser Aufzug ist aber auch immer besetzt«, jammerte Thomas und rannte dann die Treppe hinunter, immer drei Stufen gleichzeitig überspringend. Schweissgebadet und nach Atem ringend, landete er in der Garage. In seinem Opel Vectra drehte er noch rasch das umgekippte Glückshufeisen zurecht und startete. Rassig kurvte er durch die Strassen. Mit einem quietschenden Vollstopp verhinderte er den Aufprall auf ein unvermutet anhaltendes Auto. Heftiges Kopfschütteln in Richtung des schuldigen Fahrers und schleunigst weiter.

»Das glaub ich nicht, Polizeikontrolle«, stöhnte Thomas. Da vorne winkte tatsächlich ein Ordnungshüter lässig mit der berühmt-berüchtigten Kelle. Thomas wurde zur Seite gewiesen. Zwei martialische Gestalten stelzten auf ihn zu: »Guten Morgen, Ihren Führerschein bitte.«

Mit stoischer Ruhe beäugte der Beamte Thomas` Führerschein, las die Personalien, verglich das Foto mit der Wirklichkeit, drehte den Schein um, las wieder … Thomas durchlebte die Hölle. Sein Herz pochte bis zum Hals. Der grosse Zeiger der Uhr am Armaturenbrett kroch nicht mehr, er rannte von Ziffer zu Ziffer.

»Sie haben es eilig, nicht?«, spöttelte der Kontrolleur und beugte sein kantiges Gesicht tief zu Thomas in den Wagen hinein.

»Ja, ich habe verschlafen.«

»Sie sind zu schnell gefahren, ganze 30 km über dem Erlaubten. Das kostet Sie etwas«, erklärte der Polizist vorwurfsvoll.

Thomas bezahlte seine Strafe zwar zähneknirschend, aber doch erleichtert, dass er endlich weiterfahren konnte.
Das Büro erreichte er zerknittert und verschwitzt. Seine strenge

Ausdünstung liess Chefsekretärin Marlene die Nase rümpfen und mit den Augenlidern klimpern.

Zerknirscht setzte sich Thomas endlich nach qualvoller Odyssee an seinen Schreibtisch. Natürlich konnte er sich nicht konzentrieren. Allmählich begann ihn sein heruntergekommenes Aeusseres und sein penetranter Körpergeruch so zu stören, dass er auf die Toilette verschwand. Der Nachmittag forderte alles von Thomas. Unablässig schrillten die Telefone, spitzig hoch jenes zu Thomas' Rechten, in breitem Alt jenes zu seiner Linken. Telefaxe knatterten ins Büro und forderten sofortige Rückmeldung. Die Aktenberge verwandelten den Schreibtisch allmählich in eine hochalpine Landschaft mit herausragenden Bergspitzen.

Endlich kündigte der Gong den Feierabend an. Thomas war geschafft wie nach einem Marathonlauf. Seufzend schob er seine schmerzenden Knochen in den Opel. Jetzt nur nach Hause, sich erholen, in die tiefen Kissen seines bequemen Junggesellenbettes sinken. Nach kontrollierter Fahrt näherte er sich gemächlich dem Haus, in dem er wohnte, – und wurde gestoppt, von einem Feuerwehrmann.

Vor dem Haus standen sich Gaffer die Beine in den Bauch. Das blinkende grelle Licht des Feuerwehrautos liess Thomas erbleichen. Nach den Ereignissen des heutigen Tages ahnte Thomas Schlimmes. Einem Desperado gleich taumelte er nichts denkend unter einer angelehnten Feuerwehrleiter durch. Er war sicher, dass er heute nicht in seiner Wohnung übernachten konnte. Tatsächlich war diese überschwemmt. Thomas hatte am Morgen in der Eile vergessen, den Wasserhahn abzustellen.

In einem kleinen Hotel der Stadt gedachte er die Nacht zu verbringen. Automatisch knipste er vom Bett aus den Fernsehapparat an. – Busunfall mit Toten und Verletzten auf der Autobahn,

Heckenschützen in Bagdad, Ueberschwemmungen in Frankreich… Was für ein Tag! Nicht auszudenken, wenn heute noch Freitag der Dreizehnte gewesen wäre. Aber was solls? Er lebte noch. Und verschlafen würde er sich morgen nicht mehr. Er hatte den Hotelportier angewiesen, ihn um sieben Uhr zu wecken. Mit solchen versöhnenden Gedanken schlief er endlich ein und sank in einen todesähnlichen Schlaf. Seine Pechsträhne aber räkelte sich wohlig in ihrer Haut. Das war heute ein erfolgreicher Tag für sie gewesen.

Die Rache der Toten

Dana und Felix waren müde an diesem Abend, als sie bleiern in die tiefen Sessel der Hotelhalle versanken. Der Abstieg vom Mondberg unter praller Sonne hatte seinen Tribut gefordert. Oskar stürmte mit rotem Gesicht und breitem Lächeln in die Halle.

»So, ihr Ferientechniker, habt ihr heute etwas geleistet?«, fragte er, wie üblich das R wie ein Ch krächzend.

Seine schwarzen Knopfaugen lachten verschmitzt unter der mächtigen Stirnglatze. Der ansehnliche Bauch wippte auf und ab. Oskar war mit geistreichem Humor gesegnet, den er bei jeder Gelegenheit versprühte. Für heute Abend hatte er alle Geschütze geladen.

Baldo liess einmal mehr auf sich warten. Als er endlich gemächlich durch die Türe trat, wies Oskar demonstrativ mit langem Zeigefinger auf die Uhr. Baldo hob die Schultern, grinste über das ganze Gesicht. Auch er erfreute sich eines fülligen Körpers, bewegte sich aber im Gegensatz zu Oskar schwerfällig durch die Gegend.

Der goldgelbe, gekühlte Fendant prickelte auf der Zunge, stieg in die Köpfe, steigerte die Lautstärke der Gespräche. Oskar knatterte wie ein Maschinengewehr. Baldo konnte sich vor Lachen nicht mehr halten. Felix und Dana genossen die Freunde. Nach ausgiebigem Aperitif machte sich die Gesellschaft auf ins Dorf, um etwas zu essen.

»Ich habe den Zimmerschlüssel oben vergessen. Wir brauchen ihn, wenn wir spät heimkommen«, sagte Dana.

»Ach, der Nachtportier wird uns schon öffnen, komm jetzt«, entgegenete Felix.

Oskar lispelte:«Für Dana habe ich immer ein freies Bett.«

Ein sternenbedeckter Himmel spannte sich über die Silhouette des Mondbergs, als die Freunde ins Freie traten. Die frische Bergluft strich wohltuend über die geröteten Gesichter.

»Den Schlüssel hätten wir besser mitgenommen«, bemerkte Dana drängend.

»Mach doch keinen Aufstand. Hast du keine anderen Sorgen?«, antwortete Oskar spöttisch.

Beim Nachtessen floss der samtene Dôle ölig durch die Kehlen. Die Konversation wurde angeregter, zeitweise vom Kauen auf Cordon bleu und durch leises Schlürfen von Salatsaucen unterbrochen. Oskar wurde plötzlich ernst. Ein Bekannter war letzthin unerwartet gestorben.

»Wo er jetzt sein mag? Wenn es einen Himmel gibt, schaut er uns nun schmunzelnd von oben herab zu«, sagte Oskar, verblüffte seine Freunde durch diese unerwartete Wende des Gesprächs. Allmählich wurde klar, warum der immer lustige Oskar sich so schwere Gedanken machte. Dass er in einer der letzten Nächte aus dem Schlaf gerüttelt worden war, eindeutig die Stimme des Verstorbenen vernommen hatte, konnte Oskar verkraften. Wahrscheinlich hatte er bloss geträumt. Seit Oskar aber wusste, dass sein Bekannter in eben jener Nacht zur gleichen Zeit den Tod gefunden hatte, strichen schwarze Wolken der Unsicherheit über seine mächtige Stirne.

»Diese Geschichten über die Toten, die sich melden – ich habe immer darüber gelacht. Nun bin ich mir nicht mehr so sicher«, sagte Oskar nachdenklich.

»Sie leben weiter nach dem Tod«, bemerkte Dana. »Ich selber
habe mehr als einmal ihre Botschaften erhalten.«

»Da gibt es doch die Sagen über die armen Seelen«, mischte
sich nun Baldo ein.

»In Gletscherspalten, in den Felsen warten sie auf ihre Erlösung. Um Mitternacht steigen sie aus den Gräbern.«

Die Hoteltüren waren natürlich geschlossen, um zwei Uhr
nachts. Der Nachtportier schien in einem komaähnlichen Schlaf
zu liegen. Felix und Dana konnten noch so klingeln und klopfen, es tat sich nichts. Also warten. Da verspürte Felix plötzlich
den bekannten Drang, der sich nach übermässigem Trinken
einstellt. Aber er konnte doch nicht hier auf der Strasse. …
Er fühlte sich wie ein aufgeblasener Ballon. Dieses andauernde
Drängen. Der gespannte Bauch zwickte, als hätte sich eine ganze
Ameisenkolonie darauf eingerichtet.

»Du, ich halt das nicht mehr aus!«, sagte Felix stöhnend.

»Da hast dus nun. Jetzt könnten wir den Schlüssel brauchen«,
entgegnete Dana.

Wie sich Felix verdächtig suchend umblickt, reagiert Dana:
«Aber nicht, dass du mit dem Gedanken spielst, hier die Strasse
zu verschmutzen!«

Felix bleibt stumm. Er zieht das rechte Bein hoch, drückt es
gegen seinen prallen Bauch. Dabei schneidet er Grimassen, die
jedem Clown Bewunderung eingebracht hätten.

Hinter der Strasse, gegenüber des Hotels lag der Friedhof. Neben
der Eingangstreppe erhob sich eine prächtige Arve. Nun gibt es
in der Natur der männlichen Spezies die eigenartige Veranla-
gung, sich an einem Baum Befreiung zu verschaffen, wenn es von
der Blase her drängt. Felix zögerte. Schwere Ruhe lag über dem
Friedhof. Grabsteine und Kreuze warfen gespenstische Schatten

in fahles Mondlicht. Die flackernden Lichter einiger Grabkerzen durchbrachen zitternd die Dunkelheit. Geisterstimmung, die Adrenalinspiegel überlaufen lässt. Wo sie wohl herumschwebten, die Seelen der Toten, jetzt nach Mitternacht.?

Mit geschlossenen Augen und pochendem Herzen wandte sich Felix endlich der lockenden Arve zu, schaffte sich Befreiung. Trotz der leisen Furcht, die ihn auf dem nächtlichen Friedhof umklammerte, hätte er weinen können vor Glück. Er fühlte sich wie ein Frau, die soeben entbunden hatte. Engel spielten Harfen. Sein Kopf dröhnte von mächtigen Klängen aus Händels Halleluja. Ein paradiesisches Empfinden.

»Komm, Felix, der Portier ist aufgewacht«, rief Dana von der Strasse herunter.

Felix trat in die Wirklichkeit zurück, verliess befangen den Friedhof. Wie er ins Bett kam, wusste er am nächsten Tag nicht mehr. Dana erzählte später, dass Felix sofort in einen tiefen Schlaf gesunken sei und die ganze Nacht geschnarcht habe wie drei Sägewerke zusammen.

Am anderen Tag forderte die Natur ihr Recht. Felix ging es nicht gut. Die Welt um ihn drehte sich, der Magen rebellierte. Ans Frühstücken war nicht zu denken.

»Nach den Freuden setzten die Götter die Leiden«, bemerkte Dana sarkastisch. Sie fühlte sich prächtig.

»Sieh nur zu, dass sich die auf dem Friedhof da unten nicht rächen. Du hast sie richtiggehend geschändet.«

»Auch das noch, hör doch auf«, antwortete Felix seufzend.

Gleichzeitig spürte er wieder den Harndrang, wie auf Kommando, nachdem Dana den Friedhof erwähnt hatte. Auf der Toilette war er aber nicht im Stande, Wasser zu lassen. Da konnte er sich noch so bemühen, sich konzentrieren, es bewegte sich nichts. Das änderte sich auch in den nächsten Minuten und Stunden nicht. Die Schmerzen zerstachen ihm erneut den Bauch. Felix verzweifelte. Das war ihm noch nie passiert. Für Prostata war er wohl noch zu jung. Warum bloss war er so blockiert? Die nächtliche Aktion auf dem Friedhof vermochte er nicht zu verdrängen. Sie kroch hartnäckig an ihm hoch, quälte ihn. Als er es nicht mehr aushalten konnte, rannte er zum Arzt.

»Sie haben sich eine Blasenentzündung geholt«, diagnostizierte Dr. med. Raht.

»Ich muss Ihnen jetzt das Wasser ziehen.«

Und schon lag der stöhnende Felix auf dem Schragen, liess sich Nadeln und Röhren einführen. Fast gleichzeitig vernahm er, wie sein Wasser erst langsam, dann immer schneller in eine Schüssel plätscherte. Der Drang war weg.

Alles hätte nun in bester Ordnung sein können. Aber Felix fühlte sich miserabel. Er drückte sich herum wie ein ertappter Schüler. Schuldgefühle zermarterten seine Seele. Stundenlang strich er durch den Friedhof, schritt eine Grabreihe nach der anderen ab, entschuldigte sich bei jedem Toten persönlich. An den Kindergräbern sprang ihm die Schamesröte ins Gesicht.

»Herr, gib ihnen die ewige Ruhe«, betete Felix murmelnd, trottete bedrückt vom Friedhof.

An der Bahnhofstrasse betrat er einen Buchladen, kaufte sich die »Walliser Sagen«. Besonders interessierte ihn das Kapitel über die armen Seelen. — Man kann vom Weiterleben der Toten und ihrem Wirken an uns halten, was man will, Felix haben sie einen Denkzettel verpasst.

Der Tod wollte allein sein

Rhythmisch zerhackten die Schritte der Frau schwere Stille in den Gängen der Alterssiedlung. Wenn Schwester Regina Nachtdienst hatte, ging ihr Puls schneller als sonst. Nicht, dass sie sich vor unerwarteten Zwischenfällen fürchten würde. Sie hatte gelernt, wie man darauf reagiert. Was ihren Adrenalinspiegel ansteigen liess, manchmal gar zum Überschwappen brachte, war die Nacht. Allein zu sein in dem grossen Haus, eingepackt von undurchdringlicher Nacht, machte ihr das Atmen schwer. Jedes Knacken in den Wänden, unvermutetes Husten aus einem Zimmer, das überfallartige Piepsen des Rufapparates liessen sie aufzucken wie ein Feuerzeug. In den langen Gängen fühlte sie sich schutzlos ausgesetzt, stellte sich vor, wie jemand unerwartet um die Ecke springen und sie bedrohen könnte. Kurz, Schwester Regina fürchtete sich in der Nacht. Das war ihr wohl behütetes Geheimnis.

Sie öffnete behutsam die Türe des Zimmers fünfzehn. Dem engen Strahl ihrer Taschenlampe folgend, ging sie auf Zehenspitzen bis zum einzigen Bett im Raum. Der Lichtstrahl traf ein zerfurchtes Männergesicht, ein Auge verbunden. Gleichmässiger Atem puffte aus halbgeöffnetem Mund. Als die Schwester dem Schlafenden den Puls fühlte, öffnete sich das unverbundene Auge.

»Alles in Ordnung, Herr Graber?«, fragte sie leise

»Hm«

Zufrieden mit Grabers Zustand trat die Schwester wieder aus dem Zimmer, drückte die Türe leise ins Schloss. Das helle Licht in der Weite des Ganges traf sie voll. Abwehrend riss Regina beide Hände vors Gesicht. Dann schritt sie energisch dem Arbeitsraum zu, wo sie den Besuch bei Graber auf einer Tabelle bestätigte. Die Uhr an der Wand tickte eindringlich, drängte ihre Zeiger gegen Mitternacht.

Schwester Regina erinnerte sich um Mitternacht an die gruseligen Geschichten, die Grossmutter den Kindern oft erzählt hatte.

»Um Mitternacht kehren die armen Seelen an ihren Sterbeort zurück«, sagte sie.

»Wozu denn?«, fragten die Kinder.

»Sie müssen an ihrem Sterbeort für die Sünden büssen, die sie in ihrem Leben begangen haben.«

»Oh, Gott«, dachte Schwester Regina. »Hier sind schon so viele gestorben, wenn die jetzt alle kämen um Mitternacht.«

An einige konnte sie sich gut erinnern. Und sie könnten jetzt durchaus zu den armen Seelen gehören. Der Kauz mit den unruhigen Knopfaugen und dem Schalk im Nacken zum Beispiel. Mehr als einmal war sie rot angelaufen wie eine überreife Tomate, als er ihr von seinen Frauengeschichten erzählt hatte. Oder die gepflegte, abweisende Dame, die ihren reichlichen Schmuck täglich, später stündlich an einem anderen Ort versteckte. Aber auch der armselige Alte, der sein Leben verklemmter gelebt hatte als eine Beisszange, und der nun bei jeder Gelegenheit Reginas Brust zu fassen versuchte. Der Kavalier, der ihr jeweils galant die Türe öffnete, von dem sie wusste, dass er seine Kinder enterbt hatte. Und die gute Mutter, die ihr oft Geschenke machte, und immer wieder von ihrem einmaligen Seitensprung mit einem Filou erzählte und und … Lieber wäre es Schwester Regina gewesen, wenn die vielen braven Menschen zurückkämen, die sie in der Siedlung hatte pflegen dürfen.

Der Mitternachtsgong riss Schwester Regina aus ihren dunkeln Gedanken. Zum dritten Mal in dieser Nacht machte sie sich auf zur 85-jährigen Frau Meiser, der es heute nicht gut ging. Überrascht blieb die Schwester vor Frau Meisers Zimmer stehen. Die Türe stand einen Spalt weit offen. Das war ungewöhnlich. Regina begann zu überlegen: Frau Meiser schaffte es nicht, das Bett zu verlassen. Im Haus befand sich nur sie im Einsatz. Also, wer hatte die Türe geöffnet? Durch den Türspalt sah sie Frau Meisers Gesicht, kerzenwächsern, die Augen weit aufgerissen, mit geöffnetem Mund wie ein Fisch nach Luft schnappend.

»Jesus, Maria, die stirbt«, rief die Schwester, stiess gegen die Türe.

»Wer ist denn da? Lassen Sie mich ins Zimmer«, rief sie, als sich die Türe nicht zurückschieben liess.

Die Schwester stemmte sich mit aller Kraft gegen die Türe. Umsonst, als ob jemand von innen Widerstand geben würde. Schwester Regina vermochte nicht zu öffnen.

»Lassen Sie mich hinein«, rief sie noch mal, dann sank sie ohnmächtig zu Boden.

Nach einer guten Minute erwachten ihre Sinne wieder, riefen ihr das soeben Erlebte in Erinnerung. Sie raffte sich auf, flüchtete die Treppe hinunter. Im Parterre läutete sie Sturm an der Wohnung der Oberschwester Sabine, einer Ordensfrau.

»Kommen Sie rasch, Schwester. Frau Meiser stirbt.«

»Was ist denn los, Schwester Regina? Du hast doch schon mehr Todesfälle gehabt«, fragte die erstaunte Nonne.

»Die Türe, Schwester. Sie lässt sich nicht öffnen.«

»Welche Türe, Regina? Sag endlich, was los ist.«

Aber Regina schüttelte nur wild den Kopf, rannte die Treppe hinauf, der Oberschwester voran. Vor der halboffenen Türe blieb sie stehen, streckte zittrige Zeigefinger in die Luft. Nun war es Schwester Sabine, die ungeduldig den Kopf schüttelte, zur Türe trat, sie öffnete, ins Zimmer ging. Nachdem sie den Tod der

Frau festgestellt hatte, schloss sie ihr die Augen, drehte sich zu Schwester Regina um.

Die lehnte wie ein Häufchen Elend an der Wand, zitterte am ganzen Leib.

Die beiden Frauen fanden sich wieder in der kleinen Wohnung der Oberschwester. Regina sass matt im Sessel wie ein nachlässig abgelegtes Kleid. Schwester Sabine machte sich jetzt ernsthaft Sorgen um die junge Kollegin. Sie fühlte ihren Puls, schob mit sanftem Finger ihre Augendeckel hoch, begutachtete die Pupillen.

»Ich mache uns jetzt einen Tee«, sagte Schwester Sabine.

»Inzwischen schluckst du diese Tablette.«

Apathisch ergriff Schwester Regina das dargebotene Glas Wasser, liess sich die Tablette in den Mund schieben.

»Gehts allmählich wieder?«

»Ich glaube schon.«

Helles Rosa floss Regina von der Stirne herunter über das ganze Gesicht. Sie erholte sich langsam oder sie schämte sich wegen ihres Verhaltens.

»Möchtest du sprechen?«, fragte die Nonne.

Nach kurzem Zögern begann Schwester Regina zu erzählen.

»Ich kann es mir nicht erklären. Die Türe von Frau Meisers Zimmer stand halb offen, als ich zu ihr wollte.«

»War das, als du zum ersten Mal in dieser Nacht zu Frau Meiser gingst?«

»Nein, ich habe vorher schon zweimal nach ihr gesehen. Es ging ihr ja nicht gut.«

»Kann es sein, dass du selber die Türe offen gelassen hast?«

»Unmöglich, ich schliesse prinzipiell immer die Türen.«

Schwester Sabine lehnte sich zurück, betrachtete streng Reginas Gesicht, das plötzlich fiebrig rot glänzte.

»Am schlimmsten ist, dass sich die Türe nicht öffnen liess«, fuhr Schwester Regina hächelnd fort.

»Die Türe liess sich nicht öffnen?«, fragte Schwester Sabine ungläubig.

»Nein, jemand muss sich von innen gegen sie gestemmt haben.«

»Du hast wirklich kräftig gestossen?«

»Ganz kräftig, das weiss ich sicher.«

»Jaaa – im Zimmer kann sich wohl neben Frau Meiser kein Mensch aufgehalten haben.«

»Was heisst das jetzt?«

Schwester Regina hielt sich mit beiden Händen die Schläfen, auf denen wild blaue Äderchen tanzten.

»Ich will dich nicht erschrecken, Regina. Aber ich habe da eine Vermutung.«

Die Ordensfrau begann, an ihrem Brustkreuz zu nesteln. Sie warf nochmal einen langen Blick auf die junge Schwester.

»Weisst du, es geschehen Dinge zwischen Himmel und Erde, die wir nicht verstehen können.

Ich glaube, du hast den Weg des Todes gekreuzt. In dem Moment, als er seiner Pflicht nachging und Frau Meiser abholte, hast du ihn gestört. Der Tod lässt sich aber nicht ins Handwerk schauen. Er wollte allein sein.«

Die Oberschwester hatte während der letzten Sätze die Augen gottesfürchtig geschlossen. Sie konnte darum nicht sehen, wie Schwester Sabine zeitlupenlangsam vom Stuhl glitt, leise zu Boden sank.

Das Harem am Matterhorn

Andy bastelte mit langen, zarten Fingern an einer Digital-Kamera herum. Seine sportliche Gestalt mit wildem Zaushaar auf dem Schädel und dunkler Bananenbrille im braungebrannten Gesicht schaukelte im Rhythmus der unruhigen Bahn träge hin und her. Im Gegensatz zu seinen Mitreisenden steckte Andy nicht zum Vergnügen in diesem Schüttelbecher. Er war zusammen mit seiner Kollegin Maja beruflich unterwegs. Maja schaute interessiert durchs Fenster. Sie machte die abenteuerliche Fahrt zum ersten Mal mit. Ihre tiefblauen Augen unter der schwarzen Pony-Frisur vibrierten, saugten durstig die vielfältigen Eindrücke ins Gehirn.

Die beiden jungen Leute wollten Journalist werden, absolvierten zurzeit ein Praktikum bei der Lokalzeitung. Ihr erstes Meisterstück, eine Reportage über den Weltkurort Zermatt, würde ihre berufliche Laufbahn massgeblich beeinflussen. Nun will es die Natur, dass bei den meisten Menschen vor solchen Prüfungen der Adrenalinspiegel steigt wie das Thermometer auf einer heissen Ofenplatte. Majas Verdauungsapparat arbeitete denn auch derart geräuschvoll, dass sie allmählich Aufmerksamkeit bei den Mitpassagieren erregte. Andys diesbezüglichen Veranlagungen zeigten ein ganz anderes Verhalten. Er konnte abstellen und sich auf die bekannte einsame Insel schwemmen lassen.

»Wir sind da, Andy«, rief Maja ihrem Kollegen aufgeregt zu.

»Wurde auch langsam Zeit«, antwortete dieser brummig.

Während er noch umständlich seine Kamera versorgte, hielt der Zug mit einem harten Ruck an, rülpste noch zweimal, bewegte sich dann nicht mehr.

Der von einem Meer blutroter Geranien geschmückte Bahnhof erfreute die Ankömmlinge und entschädigte sie für die anstrengende Fahrt. Vor Kutschen, welche die Gäste ins Dorf gondeln sollten, scharrten herausgeputzte Pferde. Die Portiers der verschiedenen Hotels vertraten sich die Beine und hielten Ausschau nach verwirrt herumrennenden Gästen. In Schaufenstern hingen Sportkleider letzten Modeschreis. Kitschige Souvenirs liessen japanische Gäste die Kioske stürmen.

Hier konnte nun Andy seine Kamera nicht genug zücken. Er ertrank regelrecht in Motiven, die einen Fotografen in den siebten Himmel versetzen mussten. Stehend, gebückt, knieend, auf dem Boden liegend. Keine noch so unnatürliche Haltung hielt ihn zurück, um den richtigen Blickwinkel zu finden. Dass er dabei auch Leute anrempelte, über Gepäckstücke stolperte und verhätschelten Pudeln auf die Pfoten trat, merkte er gar nicht.

Auch Maja steckte im Jagdfieber. Mit einem Recordergerät ausgerüstet, hielt sie Ausschau nach Interviewpartnern.

»Entschuldigung, woher kommen Sie? Oh, I`m sorry – where do you come from? – Vous aimez Zermatt, Madame? – Lei è italiano?«

Ja, sprachlich musste Maja schon sattelfest sein, wollte sie eines Tages als Journalistin ihre Brötchen verdienen. Und es gelang ihr ja auch nicht schlecht. Am meisten hätte sie japanisch gebraucht, das beherrschte sie nicht. Aber mit diesen liebenswürdigen Asiaten liess sich problemlos in Englisch kommunizieren.

Eine Verschnaufspause führte die beiden angehenden Journalisten auf die Terrasse des Bahnhofbuffets. Beim heraneilenden Kellner bestellten sie zwei Café- Crème.

»Die Pferdchen gefallen mir«, sagte Maja, begutachtete sich schnell im kleinen Handspiegel.

»Und das Matterhorn hast noch nicht gesehen, oder was?«, entgegenete Andy empört.

»Ohne diese granitene Pyramide würde sich kein Katzendreck hier heraufverirren.«

»Ich habe diesen Touristenmagneten nicht nur gesehen, ich habe mir bereits Literatur darüber verschafft«, antwortete Maja beleidigt und blätterte in einer Broschüre.

»Ich wette, selbst du weißt nicht alles über diesen Wunderberg, Andy.«

»Hm, warte, war es nicht der Engländer Edward Whymper, der zusammen mit einheimischen Führern als Erster das Matterhorn bestiegen hatte?«

»Das weiss nun wirklich jedes Kind.«

Belehrend begann Maja aus der Broschüre vorzulesen.

»Am 14. Juli 1865 erreichte Whymper mit seiner Gruppe den schneebedeckten Gipfel des Matterhorns. Damit war der attraktivste Viertausender der Alpen, der Obelisk von Zermatt, bezwungen.«

»Ach ja«, meldete sich Andy, »beim Abstieg ist die Hälfte der Mannschaft in den Tod gestürzt.«

»Richtig. Die Tragödie beschäftigte die Zeitungen Europas – und dies wieder war beste Reklame für Zermatt. Der Tourismus konnte sich entwickeln.«

Ein zufälliger Blick zum Himmel – da war es wieder, das Matterhorn. Das Haupt der weltberühmten Felspyramide tupfte soeben verwegen den blauen Himmel, liess sich den Scheitel von der Sonne streicheln. Ein Magnet für ehrgeizige Alpinisten.

»Heute steigen sie zu Tausenden hinauf und leben Jahre von der erfahrenen Selbstbestätigung.«

Andy konnte den leisen Spott in seiner Stimme nicht verbergen.

»Aber in diesem Sommer sind bereits zwölf Menschen am Matterhorn zu Tode …«

Andy wurde unterbrochen vom Zischen der Rotorblätter eines Helikopters. Knapp über den Köpfen der Leute peilte dieser den nahen Rettungslandeplatz an. Am Bauch der Maschine baumelte ein aufgeblähter Leichensack.

»Das könnte der junge Pole sein, der gestern am Nordgrad abgestürzt ist. Die Meldung stand in der Morgenzeitung«, erklärte Andy.

»Vermutlich wird er im Zermatter Friedhof für Bergopfer beerdigt werden.«

»Dieser Friedhof soll recht eindrücklich sein. Den dürfen wir nicht vergessen«, meldete sich Maja nach langer Zeit wieder zum Wort. Das Doppelspiel des Wunderbergs, Lebenslust gegen Tod, hatte sie still werden lassen.

Rechts und links Hotel- und Geschäftsschilder, Schaufenster an Schaufenster. Das war die weltberühmte Bahnhofstrasse, durch die Maja und Andy nun schlenderten. Es wimmelte von Leuten. Alles flanierte gemächlich durch die Strassenschlucht. Damen begutachteten die eleganten Wanderhosen und schicken Pullis in den Auslagen, aber auch glitzernde Abendkleider. Es standen ja auch gesellschaftliche Anlässe auf dem Programm. Herren studierten Wanderkarten und hielten Ausschau nach einem Plätzchen auf den Gartenterrassen, wo die Leute wie Batteriehühner drängelten. Zwischen den Erwachsenen tummelten sich die Kinder, jagten einem Hündchen nach oder spielten Fangis. Die Elektromobile der Geschäfte bahnten sich leise schnurrend ihren Weg durch die wallende Menge.

»Uebrigens habe auch ich mich schlau gemacht über Zermatt«, liebe Kollegin, sagte Andy.

»Dann lass mal hören, ob deine Recherchen brauchbar sind.«

»Nachdem die Erstbesteigung des Matterhorns fast in der ganzen Welt bekannt geworden war, erlebte das kleine Dorf

92

mit seinen vierhundert Einwohnern einen unerwarteten Boom. Ein gewisser Alexander Seiler, seines Zeichens Seifensieder und Kerzenzieher, verfügte über die geeignete Spürnase. Er kaufte sich verschiedene Gebäude im Dorf und verwandelte sie in Herbergen und Hotels. Die zahlreichen Gipfelstürmer, mehrheitlich Engländer, wusste er zu verwöhnen, ihnen aber auch das Geld aus der Tasche zu locken.«

»Der muss ja in kurzer Zeit ein Vermögen verdient haben«, unterbrach Maja.

»Nicht nur der. Die Alpinisten heuerten Einheimische als Führer und Träger an. Letztere liessen sich nicht zweimal bitten und verlangten für ihre Dienste entsprechende finanzielle Abgeltung. Und da sich Zermatt bald einmal zum ›Mekka der Bersteiger‹ mauserte, war die Entwicklung nicht mehr aufzuhalten.«

»Und Zermatt wächst wohl heute noch«, sagte Maja, die sich nicht genug umsehen und wundern konnte.

»Ja, und die Grand-Hotels bewirteten inzwischen weltbekannte Stammgäste. Künstler wie Pablo Casals und Jehudi Menuhin schüttelten in den Luxushotels die Hände bedeutender Staatsmänner wie die des Königs Juan Carlos oder der Kennedys. Die einflussreichen Wirtschaftsmagnaten Hayek und Schmidheini lieferten sich sportliche Wettkämpfe auf den Tennisplätzen mit Charleton Heston und…«

»Schau mal da drüben, Andy«, rief Maja unvermittelt.

»Träume ich? Eine Fata Morgana? – Ein Scheich mit Harem!«, schrie Andy.

Er war jetzt nicht mehr zu halten. Die Kamera zur Hand und ein Spurt direkt in die Szenerie aus 1001 Nacht, mitten in der Bahnhofstrasse von Zermatt.

Die Gruppe fiel so stark auf, dass die Menge auf der Strasse sich teilte wie ein Kornfeld im Wind, um ihr Durchgang zu gewähren. Vorneweg stolzierte der Scheich, von Kopf bis Fuss in Weiss. Die Ringe an seiner Hand glitzerten, wenn er sanft den schwarzen Bart streichelte. Hinter ihm die verschleierten Damen. Schwarze Augen blitzten aus den Schleierschlitzen. Leises Kichern. Andy wurde jäh gestoppt. Ein massiger Bodyguard packte ihn am Kragen, stellte ihn unsanft zurück in die Zuschauerreihen.

»No pictures!«

Wie Andy weiterhin seine Kamera blitzen liess, musste er flüchten, in der Masse verschwinden, den Leibwächter ratlos zurücklassen. Doch plötzlich fühlte er eine Kralle im Genick. Ein Schraubstock presste ihm die Luft ab. Andy erwachte im fünften Stock eines Hotelzimmers, schlaff wie ein nasser Sack, auf einem weiss bezogenen Bett. Die Nadelstiche seiner Kopfschmerzen verfluchend, rappelte er sich auf, wankte zur Türe. Alles Rütteln nützte nichts. Er war eingeschlossen. Wie aus dem Nichts stand plötzlich ein mächtiger, dunkelhäutiger Mann hinter ihm, breitbeinig, die Arme über der Brust verschränkt, ein Stier.

»Gib mir den Film.« Die tief kalte Stimme drang Andy bis in die Knochen.

Andy sah sich im Zimmer um, steckte zitternde Finger nacheinander in alle seine Taschen, fand seine Kamera nicht. Der Riese trat näher, schoss Blitze aus schwarzen Augen zu Andy hinunter.

»Ich kann mir das nicht erklären.« Andy hörte von ferne eine seltsam blecherne Stimme, seine Stimme.

»Die Kamera muss mir abhanden gekommen sein.«

Der Stier packte Andy um die Hüfte, hob ihn zeitlupenartig hoch.

Da krachte die Türe, fiel aus den Angeln, kippte ins Zimmer. Herein stürmten zwei junge Männer, Maschinengewehr im Anschlag, schrien: »Hände hoch, keine Bewegung!«

Unsanft landete Andy auf dem Boden, als der dunkle Riese die Hände in die Luft warf. Die Männer überwältigten ihn, verpassten ihm Handschellen, führten ihn ab.

94

»Da haben Sie aber Glück gehabt.«

Ein Herr von gepflegtem Aussehen wandte sich Andy zu.

»Kommissar Luchser.«

Von ihm vernahm Andy, was sich in der letzten Stunde abgespielt hatte. Der Sicherheitsdienst beobachtete seit längerer Zeit den Scheich. Es heisst, er solle Verbindungen zu Bin Laden pflegen, reise viel herum. Vermutlich um sich zu tarnen, liesse sich der eitle Verdächtige von breitem Anhang begleiten. Dass er jetzt in Zermatt weile, sei Zufall. Aber die Leute des Sicherheitsdienstes liessen ihn nicht aus den Augen, seien ihm auch nach Zermatt gefolgt.

»Wir haben Ihre Gefangennahme beobachtet.«

»Hier, Ihre Kamera. Sie ist unbeachtet auf den Boden gefallen, als die Burschen Sie überfielen.«

Am andern Tag besuchte Maja allein die Bergopfer auf dem Friedhof von Zermatt. Andy war noch nicht einsatzfähig. Den hier liegenden Toten war die Ruhe gestört. Zahlreiche Besucher wandelten meditierend durch die Grabreihen. Jede Ecke des Friedhofs ermöglichte Blickkontakt mit dem Matterhorn. Es war dies irgendwie logisch, denn viele lagen hier, die der Berg abgewiesen hatte.

»Aha, da die verunglückten Bergführer«, sagte Maja zu sich selber.

Ein wuchtiger Granitstein führte auf metallenen Plättchen die Namen der verunglückten Bergführer an. Ganze Dynastien waren hier genannt. Zahlreich lagen hier auch Fremde, die Opfer der Berge geworden waren. Ihre Gräber erkannte man an den originellen Grabsteinen und deren Inschriften. Hier ruhte ein englischer Lord, der am Monte Rosa von einer Lawine überrascht worden war. Dort ein jungen Italiener.

»Das muss ein Heisssporn gewesen sein«, dachte Maja vor seinem Grab, »das Matterhorn im Alleingang mitten im Winter zum Duell aufzufordern!«

Alte bemooste Grabsteine konnten nicht immer identifiziert werden. Schriftfragmente und Wappen liessen aber oft auf die Pioniere des Alpinismus schliessen, Engländer.

Bevor Maja den Friedhof gerührt verliess, blickte sie nochmal hinauf zum Matterhorn.

»Seine roten Felsen bei Sonnenaufgang lassen einem die Haare auf der Haut zu Berge stehen«, meditierte Maja. »Fliegen ihn Helikopter an, um Abgestürzte zu bergen, kriecht einem der kalte Schauer den Rücken hoch. Wer das einmal erlebt hat, kommt nicht mehr los vom Berg.«

Die Reportage über Zermatt, in welcher die Begegnung mit dem Scheich gebührenden Platz fand, wurde angenommen und gar mit einem »summa cum laude« honoriert. Das musste natürlich ordentlich gefeiert werden, in Zermatt. Nach durchzechter Nacht warteten Maja und Andy auf den Sonnenaufgang, mitten in der Bahnhofstrasse. Das Champagnerglas in zittriger Hand, fröstelten sie dem Ereignis entgegen. Und dann plötzlich – wie angeknipst, von einer Sekunde zur andern, die goldrote Kappe auf dem Horn. Die beiden Menschen in der Bahnhofstrasse erstarrten zu Winzlingen.

Hassliebe

Frau Hilfig hat ihre Schützlinge zur Klassenkonferenz vor der Wandtafel vereinigt. Nun sitzen sie da, auf den niedrigen Sesseln, die halbkreisförmig aufgestellt sind. Wahrlich, eine bunte Gesellschaft, die zehn Mädchen und sechs Knaben. Drei Mädchen stechen wegen ihrer ungewöhnlichen äusseren Aufmachnung besonders hervor. Es sind Jasemine, Fatima und Tülin. In lange, schwere Röcke gehüllt, sitzen sie im Schneidersitz auf ihren Stühlchen und warten mit schwarzen Kulleraugen auf die Dinge, die da kommen sollen. Kabir, ein braunhäutiger Junge mit schwarzem Struwwelhaar, könnte der Bruder der drei sein. Allerdings sitzt er in ausgesprochen stolzer Haltung da, Entschlossenheit und Stärke im Gesicht. Kabir ist die Ursache dieser Klassenkonferenz.

Nachdem er sich geweigert hatte, als einziger Vertreter des männlichen Geschlechts in einer Projektgruppe mitzuarbeiten, wurde er von verschiedenen Klassenkameradinnen heftig beschimpft. Kabir konnte sich nur mit grösster Anstrengung beherrschen. Davon zeugten sein plötzlich bleiches Gesicht und seine zu schmalen Schlitzen zusammengekniffenen Augen, die Blitze zu sprühen begannen.

Maria, eine quicklebendige Italienerin, und Ines, die bildhübsche Kastilierin, genossen Kabirs Erregung sichtlich. Sie schürten diese zusätzlich durch provokative Gesten und spöttische Zwischenrufe.

Dies schien wiederum René und Thomas zu reizen, so dass sie eindeutig Partei für Kabir ergriffen. Wenn man schon mit

Ausländern in die gleiche Klasse ging, wollte man sich wenigstens mit den Geschlechtsgenossen solidarisieren. Die restlichen Schülerinnen und Schüler hielten sich abwartend zurück.

Solch knisternde Spannung trat in jüngster Zeit öfters auf und gefährdete den positiven Klassengeist dieser multikulturellen Lerngemeinschaft. Die Sorgen der Lehrerin begannen allmählich schwer zu drücken. Bis heute hatte sie versucht, die auftretenden Konflikte im gemeinsamen Gespräch zu lösen. Eben war sie dabei, dies ein weiteres Mal zu tun.

Die Klasse ist still geworden. Die Lehrerin hat sich in den Halbkreis zu ihren Schützlingen gesetzt. Nervös wirft sie eine hartnäckig herabfallende Haarsträhne aus dem Gesicht und beginnt das Gespräch.

»Nun, Kabir, ich verstehe ja, dass du…«

»Sie können das nicht verstehen!«, unterbricht er sie unwirsch, was sie ihm nicht übel nimmt. Es soll ja der Kropf geleert werden.

»Unter Frauen muss der Mann der Chef sein«, fährt er aufgeregt fort, diesmal unterbrochen durch den empörten Aufschrei aus Marias und Ines' Kehlen. Die Lehrerin beschwichtigt und versucht, erklärend einzuwirken. Sie stottert etwas von der Rolle des Patriarchats in der islamischen Gesellschaft, dass dies dort akzeptiert sei, auch von den Frauen, dass wir uns das nicht ohne weiteres vorstellen könnten, dass auch Kabir Mühe mit unseren Sitten hätte usw.

»Aber nun ist er hier und hat sich gefälligst anzupassen. Das wäre noch schöner, wenn wir Mädchen diesem Pascha zu Diensten stehen sollten«, krächzt Maria, lauthals unterstützt von Ines. Es ist Thomas, der nun den Nacken reckt und mit einer abschätzigen Geste kund tut, was er von solchen feministischen Äusserungen hält. Fatima räuspert sich scheu und erklärt: »Kabir musste so reagieren, wie er reagiert hat. Er kann nicht anders. Vielleicht wird er es noch lernen.«

»Wie erlebst du es denn, dass der Mann so haushoch über der Frau steht?«, will Ines wissen.

»Wir haben nie etwas anderes gesehen. Aber,« sie zögert, gibt sich einen Ruck, »mir würde auch euer System gefallen.«

Kabir regt sich nicht. Ob sein Integrationsprozess wohl eben begonnen hat? Die Diskussion dauert noch ein Weilchen und es scheint, dass sie die Kinder beruhigt und befreit.

Nach der Schule macht sich Frau Hilfig an die Vorbereitungen für den morgigen Tag. Obwohl kritische Situationen beinahe zur Tagesordnung gehören und an den Nerven zerren, schätzt es Frau Hilfig, in dieser Klasse mit den Ausländerkindern zu arbeiten. Die »fremdartigen« Schülerinnen und Schüler bereichern das Klassengeschehen eindeutig. Was sie einbringen durch ihr Aussehen, ihr Verhalten und ihre Sprache, erweitert den Horizont der Lernenden vielfältig. Wenn Ines temperamentvoll den Stierkampf verteidigt und behauptet, das habe mit Tierquälerei überhaupt nichts zu tun, wenn Maria das unentwegte Schäkern ihrer Landsmänner mit den Frauen charmant findet und wenn Tülin sich nichts sehnlicher wünscht als ein Paar Jeans, dann geht etwas sehr Wichtiges vor in den Kindern. Völkerverständigung kann hier quasi mit der Muttermilch eingenommen werden.

Eines Morgens, als die Schüler mit Frau Hilfig ins Schulzimmer traten, knallte ihnen von der Wandtafel in grossen, leuchtenden Lettern der Name Saddam Husseins entgegen.

»Setzt euch hin!«, befahl die Lehrerin, auf eine weitere unangenehme Auseinandersetzung gefasst. Tatsächlich war Kabir wieder bleich geworden und wollte sich nicht an seinen Platz setzen.

»Auswischen!«, forderte er, den Tränen nahe.

»Nein, zuerst müssen wir darüber reden«, hielt ihn Frau Hilfig zurück.

Die Klasse war über die tragischen Ereignisse im Irak recht gut informiert. Regelmässig hatte die Lehrerin über diese Geschehnisse gesprochen. Es schien ihr dies notwendig, nachdem sie feststellen musste, dass die Schüler darüber sprachen und dabei die muslimischen Kinder der Klasse oftmals in ein schiefes Licht gerieten. Diesmal war Kabir nicht mehr zuhalten. Er rannte aus dem Schulzimmer und wurde drei Tage nicht mehr gesehen. Die mehrmaligen Versuche, an seine Familie heranzukommen, scheiterten. Es blieb nichts anderes übrig als abzuwarten. Nach anfänglichen Belustigungen über Kabirs Verhalten schlich sich allmählich eine spürbare Betroffenheit in die Klasse. Kabir begann zu fehlen. Wo er wohl stecken mochte? Was er wohl trieb? Ob er überhaupt je wieder zur Schule kommen würde?

Er kam! Eines Nachmittags, während der Geschichtslektion, stürmte er polternd ins Klassenzimmer. Mit protzendem Gehabe stellte er sich vor die Klasse. Triumphierend schweifte sein feuriger Blick über die erstarrten Kinder. Dann hob Kabir blitzartig beide Hände zum V-Gruss.

»Allah ist gross!«, rief er schallend in die Klasse, um leise beizufügen »Aber ihr seid auch in Ordnung.«

Die Klasse erwachte wie aus einer Hypnose. Hinten in der Ecke klatschte jemand zögernd Beifall. Dies war das Signal zu allgemeinem, lebhaftem Applaudieren, Trampeln und Pfeifen.

An jenem Abend ging Frau Hilfig leichtfüssig nach Hause. Ein gewisses Erfolgserlebnis, Seltenheit genug in ihrem Beruf, liess sie all die Nervenproben der letzten Woche vergessen. Sie nahm sich vor, ihren Freund zu einer Pizza beim Giuseppe einzuladen, um das Ereignis gebührend zu feiern. Wie sie am Kiosk vorbeikommt, sticht ihr eine aufreizende Schlagzeile in die Augen:

ERNEUTER BRANDNANSCHLAG
AUF TÜRKISCHE SIEDLUNG.

Preis der Anständigkeit

Beim Einsteigen wollte Friedrich wie immer noch ein paar Worte mit dem Buschauffeur sprechen. Der aber starrte angestrengt in den Rückspiegel, reagierte diesmal nicht auf den Annäherungsversuch. Das irritierte Friedrich. Was war denn los? Verunsichert ging er weiter und setzte sich auf den gleichen Platz wie immer. Während er seine Zeitung aus der Mappe holte, erschrak er. Eine äusserst unangenehme Stimme füllte plötzlich den Bus.

»Diese Moslems verstreuen Milzbrandbazillen. Und da haben sie noch die Frechheit, es sich in unseren öffentlichen Bussen bequem zu machen, Schande!«
Friedrich blickte in Richtung der lästigen Störung, entdeckte einen älteren, untersetzten Mann. Rentner, schätzte er. Mit hochrotem Gesicht starrte dieser auf ein Paar, das ihm gegenübersass. Der dunkelhäutige Herr trug einen sorgfältig gebundenen Turban auf dem Kopf. Sein gepflegter, tiefschwarzer Bart glänzte in einem hereinfallenden Sonnenstrahl. Neben ihm sass eine wunderschöne, ebenfalls dunkle Frau in einem weichfarbenen Sari, einen roten »Schönheitsfleck« mitten auf der Stirne.

Friedrich erkannte gleich, dass der erboste Mann diese zwei Hindus für Moslems hielt. Da werden einmal mehr mit Vorurteilen ungerechte Beleidigungen ausgeteilt, dachte er. So ein primitiver Kerl, den sollte man zur Ordnung rufen. In Friedrichs Herz begann nun der quälende Kampf zwischen dem anständigen Menschen und dem inneren Schweinehund.

Der Rentner begann, mit dem Finger auf das Paar zu zeigen, strich mit der inneren Handkante über seinen Adamsapfel. Das Hindupaar blieb ruhig, starrte verkrampft tiefe Löcher in die Luft. Aus den schwarzen Augen der Frau blickte jedoch die nackte Angst. Friedrichs innerer Kampf war auf dem Höhepunkt angelangt. Auch er trug inzwischen einen hochroten Kopf zur Schau. Aber er zögerte noch. Man konnte ja nicht wissen, wie der erboste Mann reagieren würde, und erst die Passagiere? Auf welche Seite würden sie sich stellen? Und überhaupt, es war nicht seine Art, sich in fremde Händel einzumischen.

»Hören Sie mal, das sind ja gar keine Moslems, das sind Hindus!«, rief Friedrich plötzlich. Dabei vernahm er aus der Ferne eine fremde, verzerrte Stimme, seine Stimme. Der ältere Mann hielt verblüfft inne, wusste im Augenblick nicht, wie ihm geschah. Die Passagiere waren plötzlich verstummt, spähten über den Zeitungsrand hinaus, starrten gespannt auf Friedrich und den verdutzten Mann.

»Ach, Sie sind auch so einer, der dieses Pack noch in Schutz nimmt!« Der Rentner hatte sich erholt und wendete sich nun mit drohender Geste Friedrich zu.

»Seien Sie mal ruhig und belästigen Sie hier die Leute nicht«, drang unerwartet die Stimme des Busführers knarrend durch den Lautsprecher. Friedrich fiel ein zentnerschwerer Stein vom Herzen. Und als die Passagiere wieder zu schwatzen begannen, ihre Köpfe wieder hinter den Zeitungen versteckten und der Rentner sich beleidigt zurückzog, fühlte er sich erleichtert, irgendwie glücklich.

Der Bus rauschte unbehelligt weiter. An den Fenstern schwebten die bekannten Häuserreihen vorbei, die stramm stehenden Alleebäume, die Strassenkreuzungen. Auch Friedrich schwebte auf samtenen Wolken. Leichtigkeit füllte sein sonst eher ödes

Herz. Er schwelgte so sehr in Glückseligkeit, dass er beinahe vergessen hätte, an seiner Station auszusteigen. Auf dem Gehsteig blickte er nochmal zum Bus. Der zurechtgewiesene Mann sah hasserfüllt auf ihn herunter, zeigte ihm die geballte Faust. Friedrich stürzte sofort wieder in dunkle Zweifel. Offenbar war der Mann nicht mehr zurechnungsfähig – und er kannte nun die Haltestelle, an der Friedrich auszusteigen pflegte.

Dass Friedrich richtig gehandelt hatte, sagte ihm seine innere Stimme. Aber die unabsehbaren Folgen, welche seine Heldentat nach sich ziehen könnte, beunruhigten ihn, lenkten ihn von den gewohnten abendlichen Hausarbeiten ab. Und als er früher als sonst, nach lustlosem Hin- und Herzappen, den Fernseher abstellte, wusste er, diese Nacht würde er nicht gut schlafen können.

Friedrich hat inzwischen die Wohnung gewechselt. Er ist ans andere Ende der Stadt gezogen. Friedrich leidet. Der Gedanke, dem alten Mann irgendwann wieder zu begegnen, verfolgt ihn wie ein Feind.

Der Sprung durchs Fenster

Hundertzwanzig pubertierende Jugendliche zwischen zwölf und sechzehn sitzen im regionalen Schulhaus von Heimigen. Heute bin ich als Schulinspektor im Auftrag der Regierung unterwegs, Schulen in Heimigen zu besuchen. Auf solchen Reisen weiss ich nie, welche Ueberraschungen mir das Schicksal bereithält. Ich bin darum auch immer wieder gespannt wie eine Feder in Erwartung der Dinge, die da auf mich zukommen. Heute sollte es faustdick werden.

Etwas benommen von den typischen Schulhausgerüchen, welche Putzmittel, Büropapier und Menschenschweiss produzieren, stieg ich die Treppe hoch in den ersten Stock und klopfte bei der neunten Klasse an. Ein noch etwas verschlafener Junge öffnete die Türe nur einen Spalt weit und liess mich endlich eintreten. Drinnen schoss Lehrer Vogel auf, um seinen Inspektor zu begrüssen. Ich winkte ab.

»Lassen Sie nur, ich will nicht stören«, flüsterte ich ihm zu.

Eine Schülergruppe hielt eben einen Vortrag. Zur Untermalung hatten sie bunte Plakate an Wandtafel und Wände festgemacht.

»…sie nehmen uns aber auch Arbeitsplätze weg. Zudem ermöglicht ihnen ein grosszügiges Taschengeld, in teuren Lederjacken wie Pfaue zu stolzieren. Unsere Frauen werden von ihnen belästigt.«

Wer so im Brustton der Ueberzeugung sprach, war ein keckes Mädchen mit freiem Bauchnabel zwischen einer hautengen Bluse und geschmeidigen Jeans. Frech hing ihr eine blonde Locke über die schmale Stirne. Der Mund, aus dem die schlimmen Behauptungen klangen, prangte von knallrotem Lippenstift.

Ich hatte mich inziwschen auf einen leeren Stuhl neben ein offenes Fenster gesetzt. Der hereinguckende Frühling hätte mich sofort abgelenkt, wenn ich nicht so erstaunt über das eben Gehörte gewesen wäre. Ich fand allmählich heraus, dass die Schüler über das Thema »Die Ausländer und wir« sprachen. Und was da in den nächsten Minuten an mein Ohr drang, missfiel mir ganz und gar. – Vorurteile, Misstrauen, Hass – Ich sass doch nicht in einer Versammlung von glatzköpfigen Neofaschisten. Vor mir sah ich gesunde, aufgestellte junge Leute. Ihnen ging es allem Anschein nach sehr gut. Die meisten der mir zugekehrten Rücken waren von teuren Markenjacken bedeckt. Die Mädchen hatten gefärbte Haare, lackierte Fingernägel und gepiercte Nasenflügel. Wohlgeformte, sehnige Männerkörper liessen auf regelmässigen Aufenthalt der Jungen in den Fitnesszentren schliessen.

Die an den Vortrag anschliessende Diskussion in der Klasse war für mich fast unerträglich. Einige Schüler versuchten scheu, die Vorwürfe gegen die Asylanten zu entkräften.

»Aber sie kriegen ja gar keine Arbeitserlaubnis als Flüchtlinge.«

Die Referenten beharrten auf ihren Behauptungen und konterten mit unnatürlicher Härte. Wie kläffende Hunde zogen sie über die Verteidiger her:

»Schwarzarbeit leisten die noch und noch. Die wollen ja hier nur von unserer blühenden Wirtschaft profitieren.«

Die meisten in der Klasse blieben stumm, einigen war die Diskussion peinlich. Der Lehrer schrieb unentwegt in ein Heft. In seinem blassen Gesicht war keine Regung auszumachen.

Ich war erst geschockt, später deprimiert. Mit Gewalt hielt ich mich zurück und griff nicht in die Diskussion ein. Der Bleistift in meiner Hand machte zickige Sprünge auf dem Notizblock. Mit hochrotem Gesicht sass ich da und fühlte, wie mein wild pochendes Herz mir an den Hals sprang. Nun wusste ich aus den Schülerlisten, dass in dieser Klasse auch zwei Asylanten sassen, zwei Jungen von sechzehn Jahren. Der eine hiess Mirco, der andere Muhamir. Ich sah mich um und erkannte sie sofort. Es waren schmächtige, dunkle Typen mit schwarz funkelnden Augen im Gesicht. Sie verhielten sich scheinbar unbeteiligt. Wie viel Deutsch sie wohl bereits verstehen? Was mögen sie alles erlebt haben in ihrer Heimat: Bombardierung, Erschiessung, Vertreibung, Rennen ums nackte Leben?

Und plötzlich geschah das Unerwartete. Ein Kampfflieger des nahen Miltärflugplatzes knallte imTiefflug über das Schulhaus. Die Fenster vibrierten. Die Ohren schmerzten. Alles erstarrte vor Schreck. – In diesem Moment nahm Mirco den gewaltigen Satz durchs offene Fenster.

»Alle am Platz bleiben«, schrie der Lehrer.

Natürlich gehorchte ihm niemand. Alles stürmte zur Türe und rannte die Treppe hinunter ins Freie. Mirco lag bewusstlos auf dem Asphalt. Sein linkes Bein beschrieb einen unnatürlichen Winkel im Bereich des Oberschenkels. Jemand drängte sich energisch an den regungslos liegenden Körper heran, legte eine teure Markenjacke unter seinen Kopf und strich ihm sanft über die Stirne. Als sich die helfende Gestalt gebückt hatte, kam ein freier Rücken zwischen einer hautengen Bluse und geschmeidigen Jeans zum Vorschein.

Die Ambulanz holte Mirko.

»Geht vorerst nach Hause«, befahl ein zitternder Lehrer, aschgrau im Gesicht.

Ich nahm den Lehrer am Arm und wanderte mit ihm den schmalen Weg hinauf zur alten Burgruine über dem Dorf. Wir schwiegen. Sanftrote Heckenrosen säumten den Weg. Im Gebüsch schaukelten geräuschvoll putzige Vögel. Von oben winkte der mächtige Turm der Burganlage. Vor der Ruine blieben wir stehen.

»Jeder Stein ein Rätsel«, raunte ich dem Lehrer ins Ohr.
Er nickte: «Rätsel über Rätsel.«

Während der nächsten Tage wurde das Thema »Die Ausländer und wir« in Heimigen klassenübergreifend behandelt. Mirco erhielt im Spital rege Besuch von seinen Mitschülerinnen und Mitschülern. Kein Wunder, dass er schnell gesundete.

Warten auf Polo

Fröstelnd sitzt die zehnjährige Jula auf dem Gartenmäuerchen vor ihrem brennenden Haus in der Birkenstrasse. Unter der umgeschlagenen Camping-Decke baumeln zwei nackte Füsse hin und her, verkratzt und russgeschwärzt. An Julas Hals guckt eine traurige Puppe aus der Decke hervor, die roten Haare wie mit Oel festgeklebt. Jula weint still in sich hinein. Von Zeit zu Zeit beugt sie ihr Gesicht zur Puppe hinab und trocknet an deren Haar ihre Tränen. Rauchschwaden segeln durch die Luft und beissender Feuergeruch quält die Nasen.

Gebannt blickt Jula dem Feuerwehrmann nach, der wie ein Roboter mit eckigen Bewegungen die Leiter hochsteigt und in einem schwarzen Fensterloch verschwindet. Der Mann hatte Jula versprochen, nach ihrem kleinen Hund Polo zu sehen. Dieser war seit der übereilten Evakuierung des Hauses spurlos verschwunden. Selber konnte Jula nichts unternehmen. Sie hoffte nun, dass der Robotermann ihren kleinen Freund finden werde.

Polo bedeutete ihr viel. Als sie einmal mehr im Spital lag und die Dialysepumpen schleppender denn je stampften, erschien ihr Lieblingsonkel Othmar mit dem kleinen Hund. Er schenkte ihr das niedlicheTier, das sich sofort an sie schmiegte und ihre Finger zu lecken begann. Seither begleitete Polo sein Frauchen jeweils ins Spital und vertrieb ihr die Zeit während der langwierigen Blutwäsche. Just übermorgen musste sie die Prozedur erneut über sich ergehen lassen. Der Gedanke, dass Polo bis dahin nicht auftauchen könnte, versetzte Jula in einen schockartigen Zustand.

Mitten in der Nacht war Herr Rotzer im dritten Stock des Hochhauses in der Birkenstrasse vom Schlaf aufgeschreckt und ahnte sogleich den Brand. Da konnte ihn seine empfindliche Nase nicht täuschen, das war Rauch. Ein Blick aus dem Fenster bestätigte ihm seine Vermutung. Im Erdgeschoss loderten bereits wilde Flammen aus einigen Fenstern heraus. Rotzer schlug Alarm und weckte heftig lärmend und schreiend die Hausbewohner. Bald schon heulten aus der Ferne Sirenen und Feuerwehrautos blinkten nervös durch die Nacht.

Vermutlich war das Feuer im Treppenhaus ausgebrochen. Es hatte dann rasch auf drei Appartements übergegriffen, deren Mieter nur das nackte Leben retten konnten. Nachdem die Feuerwehr sich vergewissert hatte, dass niemand mehr im Parterre weilte, schoss sie aus allen Rohren Wasserfontänen in die Flammen. Die Bewohner der oberen Stockwerke wurden inzwischen in einer halsbrecherischen Aktion über das Dach evakuiert, da ihnen der Fluchtweg über die Treppe durch die Flammen abgeschnitten war. Wie eine Geisterprozession staksten die bedauernswerten Leute, teils nur in Nachthemden und Pyjamas, die Leitern hinunter in die Nacht. Zur Sicherheit hatte die Feuerwehr unten Sprungtücher ausgebreitet, in welchen Herabstürzende aufgefangen werden sollten. So ein Fall traf glücklicherweise nicht ein. Bald einmal verzischten die Flammen und machten dichtem Rauch Platz, der aus den Fenstern drängte.

Irgendwann hatte Jula festgestellt, dass Polo nicht bei ihr war. Ihre Eltern, die sie informierte, hatten zurzeit weiss Gott anderes zu tun, als nach dem Tier zu suchen. Sie setzten Jula auf das Mäuerchen und befahlen ihr, sich nicht von der Stelle zu rühren. So blieb Jula untröstlich zurück und wandte sich an einen vorbeikommenden Feuerwehrmann. Immer noch arbeiteten die Rothelme hektisch mit Schläuchen, Leitern und

112

Äxten. Maschinen brummten in tiefem Bass und liessen die Erde vibrieren. Befehle bellten wie Gewehrschüsse durch die Nacht. Die evakuierten Hausbewohner starrten verstört auf ihr Haus. Einige schüttelten resigniert den Kopf, andere schrien Vermutungen in die beissende Luft und wieder andere standen apathisch da. Das waren die Bewohner des Erdgeschosses, welches inzwischen Feuer und Wasser derart zerstört hatten, dass darin in absehbarer Zeit niemand mehr wohnen konnte.

Jula, die still schluchzend an ihren Hund dachte, fuhr plötzlich hoch. Etwas war auf ihren Schoss gefallen und hatte sie erschreckt. Polo war nämlich unerwartet aus dem Nichts aufgetaucht und an seinem Frauchen hochgesprungen. Patschnass schüttelte sich das Tier und verpasste Jula eine deftige Dusche. Die beiden hielten sich und vergassen die ganze Hektik um sie herum. Ein Feuerwehrmann, der sich wie ein Roboter bewegte, blieb vor den beiden stehen und beugte sich leicht zu ihnen hinab. Dann stapfte er weiter und verschwand in der Dunkelheit.

Allmählich zogen die Bewohner des Unglückshauses ab. Die meisten fanden Unterschlupf bei Nachbarn oder Verwandten. Nur einige Gaffer, die sich nicht satt sehen konnten und den Feuerwehrleuten im Wege standen, mussten von der Polizei noch energisch weggewiesen werden. Dann wurde es stiller im aufgescheuchten Quartier. Auch der Hauptharst der Feuerwehr war abgezogen. Zurück blieben lediglich einige Männer, die Brandwache halten mussten. Auf dem Gartenmäuerchen sass niemand mehr. Julas Eltern hatten ihr Kind abgeholt. Dass Polo auch wieder da war, merkten sie erst, als sie in der Wohnung von Freunden Jula zu Bett bringen wollten.

Kein Glück für die Glücksbringer

Als Faustino Cappini in Re zur Welt kam, war sein Schicksal schon vorgezeichnet. Seine Eltern hatten ihn »verkauft«, wie er sich noch nichtsahnend im warmen Bauch seiner Mutter räkelte. Signor Rossi, der mächtigste Kaminfegermeister der Region, hatte Interesse gezeigt, nachdem er erkannt hatte, dass Signora Cappini wieder einmal gesegneten Leibes war. Die Armut sass der Familie Cappini so tief in den rachitischen Knochen, dass sie über ihre Kinder, mit denen sie Gott allerdings reichlich beschenkt hatte, zu Geld kommen musste.

An dem Tag, als Faustino im zarten Alter von sechs Jahren zu Signor Rossi gebracht wurde, begutachtete ihn dieser wie ein Pferd oder eine Kuh. Er packte ihn am krausen Haarschopf, jonglierte mit Faustinos Kopf wie mit einem Ball, um sein Genick zu prüfen. Er spähte in seinen offenen Mund, zupfte an seinen Zähnen herum und riss ihm seine Zunge weit über das Kinn herunter. Die grösste Beachtung aber schenkte Meister Rossi Faustinos Gestalt. Er legte seine Pranken um die schmale Taille des Knaben, drückte schraubstockartig zu, bis Faustino blau im Gesicht wurde, liess los, um die ganze Prozedur zu wiederholen. Dann ergriff er Faustinos Oberarme und knetete sie. Die Schmerzensschreie, die er dabei verursachte, ignorierte er einfach. Und nun die Hände. Faustino hatte zarte Hände wie aus Alabaster, mit langen Spinnenfingern, eigentlich für Klaviertasten bestimmt. Sie verlangten sogar dem Grobian Respekt ab, so dass er es mit einem grunzenden »Bene, Benissimo« bewenden liess. Als Rossi dem Knaben zum Schluss noch kräftig

in die Waden schlug und ihm herzhaft auf den Fuss trat, meinte
Faustino sterben zu müssen in seiner schmerzhaften Verlassen-
heit. Durch die Tränen hindurch, die wie Würmer aus seinen
Augen krochen, sah er, dass Signor Rossi seinem Vater Geld-
scheine aushändigte und das Geschäft mit einem Handschlag
besiegelte.

Die nächsten Jahre verbrachte Faustino auf Dächern und betrachtete die Welt aus der Vogelschau. Flink wie ein Wiesel stieg
er auf die Firste, vollführte Seiltänze und übersprang einem
Eichhörnchen gleich die engen Schluchten zwischen den Häu-
sern. Lebensgefährlich war die Arbeit an regnerischen Tagen, wo
sich die steilen Dächer in glatte Abhänge verwandelten. Faustino
schmiegte dann seinen ganzen Körper eng an die Dachfläche,
steckte die Finger und die meist nackten Zehen wie Saugnäpfe
in die Platten und kroch hoch. In seiner weiten Sackbluse, den
flatternden Hosen und dem Spitzhütchen auf dem Kopf, alles
in durchdringendem Schwarz, erinnerte er an Kobolde im Mär-
chen. Aber Faustinos Leben war alles andere als märchenhaft.

Seine zierliche Gestalt war wie geschaffen, um in enge Kamine
zu kriechen. Oft wurde er an einem Seil in einen schwarzen
Schlund gelassen, wo er mit einer Raspel den klebrigen Russ von
den Wänden kratzen musste. Finster wie in einer Kuh war es
hier. Wenn Faustino nach oben blickte, blinzelte ihm lediglich
ein kleiner Kreis des Tageslichts entgegen. Unter ihm herrschte
schwarze Nacht. Der abgestandene Russ roch nach giftigen Kröten, kroch in die Lungen und verursachte Reizhusten. Seine
Augen brannten und seine Hände waren mit Schürfwunden
übersät, die sich wie rötliche Ornamente von der schwarzen
Haut absetzten. Zu allem drohte von oben herunter ein stän-
diges Unwetter, die Donnerstimme des Meisters, der ihn zur
Eile antrieb. Faustino wusste, dass es klug war, des Meisters

Anweisungen zu erfüllen. Dessen riesige Pranken konnten einen glatt in momentane Bewusstlosigkeit befördern.

Wenn die Dunkelheit auf die Dächer kroch und jeden Tritt zur Todesfalle werden liess, sperrte Rossi Faustino mit zwei anderen Jungen in einen düsteren Verschlag ein, in den eine einsame Luke wie ein blindes Auge hineinblickte. Hier konnte er seine müden Knochen auf eine harte, nach Unrat stinkende Pritsche legen und schlafen. Hier träumte Faustino auch jede Nacht von seiner Mama und von Mia, einer kupferroten Katze, die der Familie zugelaufen war. Bis ihn die Müdikeit in den Schlaf wiegte, murmelte er jeden Abend Sätze in die schwarze Zelle, die er gern nach Hause geschrieben hätte. Aber noch hatte er keine Gelegenheit gehabt, das Lesen und Schreiben zu erlernen. Einziger Trost im traurigen Leben der Kaminfegergehilfen war die reichliche und kräftige Nahrung. Schwache und kränkelnde Knaben waren in diesem Metier nicht zu gebrauchen. Die Auslagen des Meisters für die Ernährung der Gehilfen kamen so einer sich auszahlenden Investition gleich.

An einem heissen Sommertag im Juni öffnete Faustino über den Dächern Mailands eine Luke. Die pralle Sonne sprang ihn an, liess ihn für einen Moment erblinden. Während er sich vortastete, griff er voll in die Stromleitung. Signor Rossini fand den kleinen Körper später halb verkohlt in der Dachluke hängen. Schon zwei Tage später wurde Faustino auf dem winzigen Friedhof seines Dorfes zu Grabe getragen. Während der Zeremonie soll eine kupferrote Katze um die Beine der Beerdigungsteilnehmer gestrichen sein. Alle Bemühungen sie zu verscheuchen, seien erfolglos gewesen.

In der Ungunst des Schamanen

Akum lag verwüstet im Schlamm. Seine Lungen stachen bei jedem Atemzug, als drückten sie gegen ein Nadelkissen. Zitternd strich er eine nasse Haarsträhne aus dem Gesicht, blickte auf zu Moluk, der ihn soeben im Zweikampf besiegt hatte. Dieser reckte seinen Zwei-Meter-Körper, die Keule zu erneutem Schlag in der Hand, sperberte auf Akums nächste Bewegung. Zum Zeichen der Ergebung kroch nun Akum sitzend rückwärts, sich mit beiden Beinen und dem linken Arm stossend. Erst in genügender Entfernung wagte er es, aufzustehen und sich in Richtung des Waldes aus dem Dorf zu schleppen. Ein rabenschwarzer Tag für Akum. Die Niederlage sollte sein ganzes, noch junges Leben verändern.

Dabei hatte er diese Erde mit günstigen Vorzeichen betreten. Die Dorfälteste, Momina, entdeckte vor seiner Geburt positive Wolkenformationen und Nehmharr, der Schamane, stach Akum kurz nach seiner Geburt mittels spitzer Knochen Geisterzeichen in die Haut. In der engen Holzhütte seiner Eltern am Rande des Blockhausdorfes hatte er alle Chancen zu wachsen und zu gedeihen. Klar, im Winter zog es arg durch die Ritzen der Wände und im Sommer schlich die Sonne stechend bis ins Innere der Hütte. Nicht immer zog der dicke Rauch ab, der aus der Feuerstelle hoch stieg, liess Klein-Akum dann husten, bis er rot wurde. Aber all dies förderte seine Abwehrkräfte, stählte seinen Körper. Zudem trank er schon früh die kräutergewürzte Milch von Vaters Schafen und kaute auf rohem Hirschfleisch, sog den starken Lebenssaft in sich hinein. Damit er kräftig werde, flösste ihm sein Vater einmal im Jahr Blut eines erlegten Bären ein.

Als Kind tollte er sich mit den Schafen und Ziegen des Dorfes, riss sie zu Boden, freute sich an seiner Macht über die Tiere. Im Wald herumstreifend, fing er Hasen und Eichhörnchen, zähmte sie oder tötete sie, drehte sie an einem Spiess über dem Feuer. Nie vergass er, die erlegten Tiere um Verzeihung für das Töten zu bitten.

»Damit sie dich im Jenseits bei den Naturgeistern empfehlen und dich nicht bei ihnen verschreien«, pflegte sein Vater ihm zu sagen.

Dafür hatte Akums Gefährte Moluk allerdings nur ein müdes Lächeln übrig. Ebenso geschickt und schnell wie Akum, wusste Mokul seine Wildheit und Kraft nicht zu bändigen. Er schlug alles, was sich bewegte, riss Beine aus, stach in Augen, schnitt Ohren ab, ergötzte sich am Leiden der Kreatur.

»Hör doch auf!«, sagte Akum manchmal, wenn er das Wimmern der Gequälten nicht mehr aushalten konnte.

»Was machst du einen Aufstand?«, antwortete dann Moluk. »Sind wir ihre Herren oder nicht? Wer Herr ist, kann machen, was er will.«

Als Akum begann, sich um das andere Geschlecht zu interessieren, fiel ihm eines Tages Asula auf, die Tochter des Schamanen. Beinahe ohnmächtig wurde er, als er ihr zum ersten Mal in die Augen blicken konnte. Zwei blaue Bergseen, deren Tiefe sich erahnen liess, Fenster zum siebten Himmel. Asula genoss die staunende Ohnmacht ihrer Verehrer. Und deren gabs eine Menge. Auch Moluk begehrte sie. Asula liess sie leiden, verstreute ihre Gunst mal an diesen, mal an jenen. Akum und Moluk kämpften um Asula, bekämpften sich gegenseitig, wurden Todfeinde. Je grausamer die Auseinandersetzungen wurden,

120

um so koketter tanzte Asula um die Konkurrenten herum. Dabei liess sie ihren Elfenkörper sprechen, vibrierte mit dem seidenen Vorhang ihrer kohlenschwarzen Haare, wippte volle Brüste auf nacktem Körper, wiegte die dünne Taille oder schwang lange Beine unter dem knappen Sackstoffröckchen. Etagen über dem siebten Himmel fühlte sich Akum, als er Asula einen selbstgehauenen, handtellergrossen Stein, in den er einen Stern eingeritzt hatte, schenken durfte. Der Schamane beobachtete das ganze Spiel, freute sich über die wilden Kämpfe der Burschen um seine Tochter. Schon nach kurzer Zeit hatte er seine Gunst verteilt. Er bestimmte, dass Moluk seine Tochter erhalten sollte. Akum erschien ihm zu sensibel, zu rücksichtsvoll. Seine Tochter und er selber brauchten einen Naturburschen, der weder die bösen Geister noch die bösen Tiere fürchtete.

Jeder Junge im Dorf hatte verschiedene Prüfungen zu bestehen, um so seine Reife und Männlichkeit zu beweisen. Akum lebte zu diesem Zweck einen Sommer lang auf der Alp, allein mit den ihm anvertrauten Ziegen und Schafen des Dorfes. Vor dem Alpaufzug hatte Akum den Schamanen gebeten, ihn und die Tiere vor den bösen Mächten zu schützen. Nemharr hatte seine Fellmütze mit dem Rehbockgeweih aufgesetzt, die Tiere mit geriebenen Fliegenpilzstücken bestreut, dabei seltsame Wörter in den Bart gebrummt. Akum hatte er einen mumifizierten Marder küssen lassen.

Trotz dieser Schutzmassnahmen schlich sich nachts der Wolf an die Herden, riss Tiere, bis es Akum gelang, ihm einen Pfeil in die Seite zu bohren und ihn anschliessend mit einem Knüppel tot zu schlagen. Von den Felsen herunter versuchte es der Adler. Ihn erreichten Akums Pfeile in vollem Fluge. Gegen die Tiere konnte sich Akum wehren. Schlimmer waren die unerklärlichen Ereignisse, die, so mutmasste Akum, von den Waldgeistern verursacht wurden. Nachts schreckten Akum dumpfe Schläge vom nahen Felsen aus dem Schlaf. Der Wind blies fürchterlich stinkende Lüfte in seine Höhle. Seine Pfeile verschwanden unerklärlicherweise aus dem Köcher. Einmal, als er in einer Vollmondnacht nochmal aus seiner Höhle trat, um nach dem Stand der Wolken zu sehen, hätte er schwören können, Moluk unter seiner Lieblingslärche erblickt zu haben.

»Jetzt beginne ich zu spinnen«, sagte er sich.

Er ergriff die Axt und rannte zur Lärche. Aber da war weit und breit niemand. Akum schüttelte resigniert den Kopf. Und da er es verstand, mit den Bäumen zu sprechen, wandte er sich an die Lärche.

»Sag mir, was ich tun soll. Die Waldgeister sind mir nicht mehr geneigt. Was habe ich ihnen getan? Soll ich ihnen einen Geissbock opfern?«

Im aufkommenden Wind rauschte die Lärche mächtige Orgeltöne in die Nacht, schüttelte heftig ihr Ästekleid. Da wusste Akum, dass es nicht die Geister waren, die ihn belästigten. Nun wollte er jede Nacht wach bleiben, um den Störenfried zu stellen.

Oft dachte Akum an Asula. In der Nacht erschien sie ihm im Traum, am Tage nagte sie an seinem Gehirn, zerstach sein Herz. Auch jetzt, auf seinem Aussichtsposten, unter sternfunkelndem Himmel, wich Asula nicht aus seinen Gedanken. Akum musste alle seine Kräfte zusammennehmen, um sich zu konzentieren. Da, was war das? Vom Fels herunter kam wieder dieses Geräusch, als würden kleine Steine zu Tale rollen. Jemand musste sich in der Wand bewegen und so die Steine ins Rollen bringen, Tiere oder Menschen. Akum verliess seinen Posten und schlich angespannt wie eine Feder in die Nacht hinaus. Katzenartig schleifte er seinen Körper durch das taugenässte Gras, spähte nach rechts, nach links, hielt inne, blickte nach vorne.

Da erhielt er einen kräftigen Schlag an die Seite, stechender Rippenschmerz, abgeschnürter Atem. Das höhnische Gelächter aus dem Wald drang wie aus einem anderen Planeten an sein Ohr, widerhallte dröhnend von den Felsen. Nach einiger Zeit erwachten Akums Sinne wieder. Wie er sich mühsam aufrichtet, tappt er mit der Hand auf einen harten, am Boden liegenden Gegenstand. Im Mondlicht erkennt er den Stein, den er Asula einmal geschenkt hat. Der eingeritzte Stern grinst ihn hämisch an. Plötzlich aufkommende Wolken wischen das Grinsen wie einen lästigen Flecken weg, machen dem grausamen Spiel ein Ende.

Akum verstand nichts mehr. Wie kam der Stein hierher? War etwa Asula in seiner Nähe? Aber das höllische Gelächter konnte nicht sie ausgelöst haben. Plötzlich schüttelte ihn die Erkenntnis wie ein elektrischer Schlag. Da musste Moluk sein Unwesen treiben. Und damit sollte er Recht haben. Moluk hatte sich geschworen, Akum zu schaden, und zwar derart, dass dieser das Dorf für immer verlassen musste. Der Schamane unterstützte ihn in diesem Vorhaben, verschaffte ihm Asulas Stein. Mit der Aktion von heute Nacht sollte Akum provoziert und entmutigt werden. Tatsächlich hielt es Akum nicht mehr länger auf der Alp aus, nachdem er Moluk verdächtigt hatte. Er holte seine Waffen und stürmte hinunter ins Tal. Damit beging er eine unverzeihliche Todsünde. Die ihm vom Dorf anvertrauten Tiere zu verlassen, bedeutete Verrat. Verräter aber wurden mit Schimpf und Schande aus dem Dorf gejagt.

Akum litt wie ein Hund. Die Sorge um Asula, der Hass auf Moluk drangen wie feurige Nadeln in sein Herz, zerfrassen sein Hirn. Die Lärche deutete ihm zurückzukehren. Sonst sensibel für Zeichen der Natur, merkte Akum jetzt überhaupt nichts, rannte, keuchte, schrie wie ein verwundetes Tier.

Moluk und der Schamane sahen Akum, als dieser am Waldrand über dem Dorf auftauchte. Sie zwinkerten einander bedeutungsvoll zu. Nemharr hatte den Totenkopf des Bussards an seine Stirn geheftet, den mumifizierten Marder unter die Achsel geklemmt. Als Akum aufgetaucht war, begann der Schamane, Tollkirschenpulver zu verstreuen, leise und eintönig zu singen. Moluk schüttelte eine mächtige Holzkeule in Richtung Akum. Dieser sah und hörte nichts, stürmte wie ein durchgebranntes Pferd vorwärts.

»Halt, Akum!«, schrie da der Schamane, hob die Mardermumie wie eine schützende Reliquie in die Höhe.

»Halt, haaalt!«, rief er nochmal laut, dass der Ruf widerhallte und endlich Akums Ohr erreichte. Dieser stutzte, hob den Kopf, wischte sich mit der Hand über die Augen, gab Laute von sich, die aus der Hölle zu kommen schienen. Dann raste er auf die beiden Männer zu, die auf ihn warteten. Moluk streckte den Wütenden mit einem mächtigen Schlag nieder. Dann fesselten sie ihn, trugen ihn ins Dorf, sperrten ihn in einen Verschlag.

Die Sonne quetschte ihre Strahlen durch die schmalen Ritzen des Holzverschlags, als Akum erwachte. Brennende Schmerzen nagten an seinem Hinterkopf. An Händen und Beinen gefesselt, lag er da wie ein voller Wasserschlauch, konnte sich nicht bewegen. Er schloss die Augen. Kalte Verbitterung kroch an ihm hoch, als er sich allmählich an die Ereignisse der letzten Stunden erinnerte. Wo wohl Asula sein mochte? Ob sie wusste, dass er hier lag? Ob sie jetzt vielleicht mit Moluk zusammen war? Ob…? Gewaltig krachte es da an der Türe. Das Sonnenlicht sprang grell in den dunkeln Verschlag, liess Akum die Augen zusammenkneifen. Mit einem groben Fussstoss rüttelte Moluk seinen Widersacher auf.

»Armseliger Wurm, wach auf!«, schrie er Akum ins Gesicht.
Gleichzeitig schüttete er ihm aus einem Ledereimer kaltes
Wasser über den Kopf. Durch einen Spalt in den patschnas-
sen, über das Gesicht klebenden langen Haaren erblickte Akum
den Schamanen hinter Moluk. Wie ein Christbaum wuchs das
Hirschgeweih über dessen Kopf.

»Du hast die Herde im Stich gelassen. Dafür wirst du dich
vor dem Dorfgericht zu verantworten haben, Akum«, sprach
Nehmharr feierlich.

Ehe es sich Akum versah, lag er mitten auf dem Dorfplatz unter einer Lärche, umgeben von Männern, Frauen und Kindern.
Auf einem Baumstumpf sass der Schamane. Er rührte eine trübe
Flüssigkeit in verschiedenen strohernen und irdenen Behältern,
streute das Pulver geriebener Tollkirschen dazu, rollte dabei unablässig schwere Worte in die Gefässe. Die Männer tranken von
der Brühe. Einige trommelten auf gespannte Ziegenfelle. Frauen
tanzten zum monotonen Rhythmus, fielen allmählich in Trance.
Auch Asula tanzte. Gezielt näherte sie sich immer wieder Akum,
durchbohrte ihn mit feurigen Blicken, umkreiste ihn, berührte
mit ihrem Fuss Akums nackte Brust, stieg auf ihn, tanzte auf ihm.
Akums Rippen rächten sich mit schmerzenden Gegenstössen, aber
um nichts auf der Welt hätte er die trippelnde Asula auf sich mis-
sen mögen. Das empfundene Wohlgefühl besiegte die Schmerzen,
übergoss ihn mit Glück, wie er es noch nie erlebt hatte. Aber jäh
brach diese Glückseligkeit ab. Moluk riss die tanzende Asula von
Akum herunter, trieb sie grob hinter die Frauen zurück.

»Lass sie los, du Hund!«, schrie Akum. Aber seine Stimme
ging kläglich unter im Stampfen der Trommeln.

Moluk jedoch kam zurück, brüllte: «Elendes Schwein! Stell
dich, ich werde dich töten!«

Da erhob sich der Schamane, streckte beide Arme nach oben,
blickte zum Himmel. Sofort verstummten die Trommeln.

Wie von einem Zauberbann gelähmt, hielten die Tänzerinnen inne.

Der Schamane hatte inziwschen den Totenkopf eines Raben an das Hirschgeweih auf seinem Kopf befestigt. In der rechten Hand schüttelte er einen besenartigen Stab. In der linken hielt er einen Speer. Dann begann er, in den Wald zu rufen.

»Ich rufe euch als Zeugen an, ihr Geister des Waldes. Wir haben über Akum zu richten. Er hat unser Vertrauen missbraucht, hat unsere Tiere schutzlos allein gelassen. Zur Strafe wird er vogelfrei erklärt und aus unserem Dorf verbannt. Wer auch immer ihm später begegnet, hat das Recht, ihn zu töten.«

Mit der zu einem Trichter geformten Hand am Ohr lauschte der Schamane in den Wald hinein.

»Ihr bleibt stumm, mächtige Geister. Ihr seid also mit dem Urteil einverstanden!«

Wie Donnerschläge hallten da die Trommeln und die wilden Tänze zuckten wie Blitze im Gewitter. Noch einmal erhob der Schamane seine Arme, zauberte durchdringende Stille in die Szene.

»Die Geister fordern seit jeh, dass wir fair sind mit Mensch und Tier. Akum soll darum eine Chance bekommen und sich mit Moluk im Zweikampf messen. Gewinnt er den Kampf, sei ihm verziehen.«

Erneut Trommelschlag, Tanz und Jubel.

Langhin rollender Donner drohte vom plötzlich schwarzen Himmel herunter. Blitze zuckten wie Geschosse durch die Luft. Regen prasselte Bindfäden auf die Erde. Akum und Moluk gingen aufeinander los, machten sich mit ihren Keulen das Leben schwer. Dumpfe Schläge auf rauchende Körper, aufgerissene Wunden, hervorquellendes Blut, gellende Wutschreie. Vor Angst winselten erschreckte Kinder wie kleine Hündchen. Frauen stiessen spitze Schreie aus. Männer schlugen die Trommeln, wetteiferten mit dem Donner. Eine schmale Gestalt hielt sich abseits, presste die Hände gegen pochende Schläfen, wimmerte leise vor sich hin, Asula. Durch einen Tränenschleier sah sie schemenhaft, wie Akum zu Boden ging, ein gefällter Baum, aufspritzender Schlamm.

Nachdem Akum seine Niederlage durch demütiges Rückwärtskriechen eingestanden hatte, schlich er in den Wald, hinkte hangaufwärts, um jenseits des Berges einen neuen Anfang zu versuchen. Zuerst musste er aber sich selber wieder aufrüsten. In einer verlorenen Mulde unter dem Bergkamm sank er nieder, rieb seinen zerschundenen Körper mit schwarzen Birkenporlingen ein, fiel in einen todesähnlichen Schlaf. Nach einigen Tagen, in denen er sich einen neuen Bogen und Pfeile geschnitzt hatte, stieg er auf den Kamm des Gipfels. Vor ihm lag ein langes Tal unter einem langen Gletscher. Den musste er überqueren. Für dieses Vorhaben stopfte er seine Bärenfellschuhe mit Gras aus, flickte seinen Grasregenmantel, zog sich Fellstrümpfe über.

»Asula, Asula!«, rief der Schamane unten im Dorf, strich mit wedelndem Besenstab durch die Gassen, streute zerriebene Palmkätzchen auf den zurückgelegten Weg. Moluk folgte dem Schamanen, stampfte die Kätzchen mit seinen Riesenradfüssen in die Erde. Asula war seit Tagen verschwunden. Es wurde befürchtet, dass sie im Wald vom Wolf oder vom Bären angefallen worden war. Vielleicht war sie tot, wiegte sich ihre Seele bereits als zierliche Blume im Wind. Asula aber lebte noch. Nach schlaflosen Marternächten, in denen sie immer wieder Akum sah, wie er fiel, in aufspritzendem Schlamm, sich wand wie ein Aal, zurückroch, bedroht vom bärenstarken Moluk, hatte sie beschlossen, Akum zu folgen.

Akum stieg langsamen aber festen Schrittes zum Tal hinunter.
Auf dem Eis, das sich vor ihm wie ein langer Teppich aus-
breitete, suchte er einen günstigen Durchgang zwischen den
Eisspalten, die aus schwarzen Schlunden heraufgähnten. Aufmerksam suchend, abwägend, stapfte er, ein schwarzer Floh
auf dem mächtigen Eis, vorwärts, geblendet vom scharfen
Sonnenlicht, das ihn auf dem Eis reflektierend erbarmungslos
ansprang. Zuerst glaubte er, ein Tier steige den Hang hinunter zum Gletscher, mit wehendem Gefieder. Stärker umfasste
er seinen Bogen, duckte sich, machte alles zum Abschuss bereit. Dann vernahm er im Wind ganz schwach die Stimme,
die er unter tausenden im lautesten Höllengebrüll erkannt
hätte – Asula. Sein Herz sprang ihm an die Kehle, bebender
Körper, überschwappender Adrenalinstand. Er liess seine Waffe
fallen, eilte ihr entgegen. Der Gefahren nicht mehr achtend,
balancierte er gefährlich auf dem schmalen Grad zwischen
Leben und Tod.

Sie hielten sich, erdrückten sich, vergassen zu atmen, sanken
schwimmend in tiefe Glückseligkeit. Zitternde Hände und
Arme strichen tastend über gestählte Muskeln, glitten sehn-
süchtig über Kissenstellen. Küsse, heisser als die Sonne, wollten
den Gletscher zum Schmelzen bringen.

Plötzlich stand Moluk da, wie dem Eis entstiegen, der Leibhaftige. Hinter ihm der Schamane, murmelnd, gestikulierend.
Akum zerrte Asula hinter sich, vermisste seine Waffen, die er
im Liebesrausch aufs Eis geworfen hatte. Tief drang die Kupfer-
klinge in seinen Bauch, zerschnitt Gedärme, brannte mit Feuer
und Glut. Als er niedersank, sah er durch schwankenden Nebel,
weit, weit weg, wie der Schamane die sich sträubende Asula
wegschleppte. Dann wurde es finster. Moluk hob den Toten,
spuckte ihm durch schwarze Zahnlücke ins Gesicht, warf ihn

in eine Gletscherspalte. Dann holte er Akums Waffen, warf sie
dem Toten nach.

1991, fünftausenddreihundert Jahre nach seinem Tod, fanden
Bergwanderer im Ötztal, auf der Grenze zwischen Italien und
Österreich auf 1700 m ü. M. Akums gut erhaltene Mumie. Die
Wissenschaft hat sich seiner angenommen und nennt ihn jetzt
Ötzi. Er soll auf dem Tisenjoch auf 3287 m ü. M. gestorben
sein. Über seine Todesursache spekulieren die Wissenschaftler
bis heute.

Eins zu null für die Windmühlen

Konzentriert verfolgt er die martialischen Figuren auf dem Bildschirm, zielt, drückt ab, trifft, jubelt über den Zuwachs seiner Leichensammlung. Wie meistens sitzt Edgar allein in der Villa seines Vaters, des steinreichen Zahnarztes Neumann. Computerspiele liebt er heiss, besonders die brutalen à la »Counter Strike« und »Soldier Fortune«, wo man virtuelle Menschen killen kann. Wie so oft ist Edgar frustriert. Seine Eltern verwöhnen ihn zwar nach Strich und Faden, lassen ihn aber ständig allein, nehmen nicht Anteil an seinem Leben. Zudem hat er sich durch seine Computerspielleidenschaft isoliert. Freunde haben sich von ihm abgewendet, da er nie mitmacht, immer nur zu Hause sitzt. Auch die Mädchen interessieren sich nicht mehr für ihn, obwohl Edgar über ein attraktives Aeusseres verfügt. Natürlich hat er auch null Bock auf die Schule. Das schafft ihm zusätzliche Probleme mit den Lehrpersonen. Besonders mit Lehrer Stuck hat er sich so überworfen, dass es bei ihm nur noch Schwierigkeiten gibt. Ueberhaupt hasst er die Erwachsenen, die er als scheinheilig und egoistisch kennen gelernt hat. Im Spiel kann er seine Aggressionen ausleben. Besondere Genugtuung erlebt Edgar, wenn er nach mehrmaligem Misserfolg das Opfer endlich erwischt, ihm die Extremitäten abtrennt, Blut fliessen lässt. Dazwischen lehnt sich Edgar zurück, trinkt aus einer Flasche »Red Bull«, verdrückt einen erkalteten Hamburger. Es ist drei Uhr nachmittags, als seine Mutter schnell hereinschaut, froh ist, dass sich Edgar selber zu Essen besorgt hat.

»Hi, Edgar. Du, ich muss gleich wieder weg, ins Fitnesstraining.« Auf dem Weg ins Bad streift Frau Neumann hastig ihre

Bluse ab, lässt sie zu Boden gleiten, entledigt sich nach akrobatischen Einlagen ihrer Schuhe, überlässt diese ebenfalls dem Boden, entschwindet.

»Heute Abend wird es wohl spät werden, Liebes«, ruft sie aus dem Bad, durch angelehnte Türe.

»Vielleicht kommt ja Papa mal früher heim.«

Bedächtig zeichnet Lehrer Stuck die Umrisse der Schweiz und deren Nachbarländer an die Wandtafel. Bis anhin vermochte er seine Neuntklässler im Geschichtsunterricht immer zu packen.

»Ja, es hört sich an wie ein Wunder. Das mächtige Nazi-Deutschland wagte es nicht, unsere Schweiz anzugreifen. Unsere Armee und der Bruder Klaus …«

Heute aber fehlt Stuck selber die Begeisterung. Eine vom Bundesrat eingesetzte Historikerkommission hatte nun kürzlich behauptet, die Schweiz habe sich auch durch ihre Mitarbeit mit kriegsführenden Mächten vom Krieg fern gehalten.

»Diese neue Erkenntnis haben Sie den Schülern gefälligst nicht zu verschweigen«, befahl ihm Schuldirektor Leubli.

Und damit hat Stuck grosse Probleme. Zudem benehmen sich die Schüler seit einiger Zeit recht aufsässig. Auch jetzt sind sie nicht bei der Sache, treiben Schabernack, reden durcheinander. Dabei bereitet ihm Edgar Neumann die meisten Sorgen. Ständig muss er ihn strafen, ihm ungenügende Noten schreiben. Hartnäckig versucht Stuck jetzt, die Schüler zu beruhigen, die Lektion in Gang zu halten. Es gelingt ihm heute nicht. Ob die Eltern, die bei ihm vorgesprochen haben, etwa doch nicht ganz falsch liegen mit ihrer Forderung?

»Sie müssen Ihre konservativen Lehrmethoden endlich aufgeben, Herr Stuck, den Gang der Zeit nicht ausser Acht lassen«, erklärten sie ihm beschwörend.

Allmählich aber reicht es Stuck. Seine erfolgreiche Arbeit der letzten Jahre wird plötzlich in Frage gestellt. Lautes Gelächter reisst Stuck aus seinen Ueberlegungen. Edgar hat soeben wieder zugeschlagen.

Umsichtig beugt sich Florian, Stucks Sohn, zu den auf Bänken im Stadtpark Schlafenden, schlichtet einen Streit zwischen zwei sich anschreienden Jungen, spricht mit einer jungen Frau auf dem Beschaffungsstrich, gibt der Polizei Auskunft, was die Drogenhändler nicht gern sehen. Sie drohen ihm mit erhobener Faust. Plötzlich fühlt Florian eine Hand an seinem Arm. Ein vergammeltes Mädchen spricht ihn an: »Bist du's Florian?«

»Sibylle, ist denn das möglich?«

Florian hat Mühe, in der heruntergekommenen Person eine einstige Mitschülerin seines früheren Wohnortes Sonnigen zu erkennen.

»Das Scheissleben, Florian. Es verarscht mich von früh bis spät. Aber weißt du, auch in Sonnigen hat sich die heile Welt verpisst. Davon könnte dein Vater ja ein Liedchen singen.«

»Was ist mit Va …?«

Florian fühlt einen rasenden Schmerz in der rechten Achsel, sinkt bewusstlos zusammen. Der Messerstecher springt in die Dunkelheit. Sibylle schlägt Alarm.

Florian ist vor drei Jahren von zu Hause ausgezogen. Die ewige Streiterei mit seinem Vater, der nicht verstehen konnte, dass Florian sich weigerte, die Jurisprudenz zu studieren, hatte er nicht mehr ausgehalten. In der Grossstadt kam dann allerdings der Absturz. Florian verkam in den Drogen. Seine Mutter holte ihn im Einverständnis mit ihrem Mann in eine Entwöhnungstherapie, welche erfolgreich verlief. Wieder gesund, nahm sich Florian vor, den Drogenabhängigen zu helfen. Er liess sich zum »Gassenarbeiter« ausbilden.

Appetitlicher Duft strömt durchs Haus. Magda hantiert noch geschäftig in der Küche herum, während ihr Mann bereits am

Tisch sitzt, den Kopf schwer in beide Hände gestützt. Armin Stuck ist abgeschlagen, frustriert.

»Ich kann machen, was ich will. Alles ist ein Schlag ins Wasser in dieser neunten Klasse«, ruft er in die Küche.

»Manchmal kommt es mir vor, ich wäre noch der Einzige, der sich für die alten bewährten Werte einsetzt.«

»Denk jetzt erst mal ans Essen, schalt ab«, antwortet Magda.

Obwohl der Pilz-Risotto schmeckt, legt Stock nach kurzer Zeit Gabel und Messer hin.

»Wo steckt denn Leni wieder?«

»Das weißt du doch. Die mag nicht essen, liegt oben in ihrem Zimmer.«

Seit ihre erste grosse Liebe zur Enttäuschung wurde, nicht ganz ohne Zutun ihres Vaters, verlor Leni die Lust am Leben. Nach einem missratenen Selbstmordversuch verfiel sie der Magersucht. Stock kann das Verhalten seiner Tochter nicht verstehen.

»Man sollte sie mit Gewalt an den Tisch schleppen, wenn's nicht anders geht.«

Magda wusste, was jetzt kommen würde. Darum blieb sie vorsichtig.

»Sie ist krank, Armin, das weißt du doch.«

»Krank, krank! Klar, wer nichts arbeitet, hat auch keinen Hunger.«

»Ach, hör doch auf.«

»Hör doch auf, hör doch auf. … Da liegt des Pudels Kern. Wenn du mich endlich unterstützen würdest, könnten wir das Problem lösen.« Stocks Kopf sitzt wie eine riesige, überreife Tomate auf dem Hals, wenn er sich ereifert.

Das Telefon klingelt, bringt eine gute Botschaft. Florian erholt sich im Spital von der Verletzung an der Achsel. Immerhin ein positiver Moment in der unheilgeschwängerten Mittagspause. Wie Stuck das Radio andreht, meldet der Nachrichtensprecher den Anschlag auf das World-Trade-Center in New-York.

»Na, also! Die Welt beginnt, sich zu verabschieden. Das war ja vorauszusehen. Seit Jahren werfen wir über Bord, was uns bis anhin heilig war. Kinder verspotten ihre Eltern. Eheleute tummeln sich in fremden Betten. Manager stopfen sich mit gestohlenem Geld voll. Schwule heiraten. Politiker lügen, dass sich die Balken biegen und und und.«

Die Umstände und Folgen dieser Katastrophe bestätigen Stuck in seinem Pessimismus um den Fortbestand der Welt.

Kellner in goldbetresster Livree schenken Champagner ein. Der breite Buffettisch biegt sich unter der Last der ausgesuchten Spezialitäten. Von einer niedrigen Bühne fetzt rassiger Jazz herüber, gespielt von einem gemieteten Orchester.

Im dezent beleuchteten Park der Villa Neumann steigt soeben eine Party. Fritz Neumann lässt sich nicht lumpen. Die warme Septembernacht ist wie geschaffen für ein Gartenfest. Bald einmal werden die Gäste lebendiger, ausgelassen. Immer wilder schwingen die Tanzbeine. Manch ein Paar schlägt sich kichernd in die Büsche. Edgar schiesst in seinem dunkel gehaltenen Zimmer auf virtuelle Figuren in seinem Computer. Immer wieder stellt er sich vor, dass er Lehrer Stuck getroffen hätte. Soeben fischt er hinter seinem Pult nach einem neuen Spiel. Da hört er, wie sich die Zimmertür öffnet, jemand nuschelt. Als er unbemerkt von den Eindringlingen aufblickt, wird er Zeuge einer leidenschaftlichen Liebesszene. Das Paar umschlingt und küsst sich, beginnt sich gegenseitig auszuziehen. Der heftige Liebesakt auf Edgars Bett bringt ihn fast um den Verstand. Allmählich beruhigt sich das vulkanische Geschehen, man greift wieder zu den Kleidern, macht sich zurecht für die Fortsetzung der Party. Wie die beiden Liebeshungrigen das Zimmer verlassen, werden sie kurz durch den Lichtstrahl an der sich öffnenden Türe beleuchtet.

»Verdammt, Die Mutter von Joe«. Edgars Stimme vibriert vor Aufregung.

»Diese Schlampe.«

Edgar erkennt die Mutter seines Mitschülers mit einem Mann, allerdings nicht dem ihrem. In Edgar kocht die Wut. Am Computer spielend, zerlegt er virtuelle Figuren in ihre einzelnen Teile, lässt Blut fliessen.

Schwere Gedanken wälzend, streift Stuck ziellos durch die Kleinstadt Sonnigen. Auf Schritt und Tritt begegnet er Menschen, deren Aussehen auf Ausländer schliessen lassen. Stuck hat ja nichts gegen Ausländer. Er hat sogar für das Gesetz gegen Rassendiskriminierung gestimmt. Er unterstützt auch das Schengener Abkommen. Aber ihm scheint, als ob die Regierung das Einwanderungsproblem nicht mehr im Griff habe. Stuck wird in letzter Zeit von Problemen erdrückt. Seine Kinder bereiten ihm Sorgen. Im Beruf klappts nicht mehr. Klar, die raschen Neuerungen der Zeit kann er nicht tatenlos akzeptieren. Aber immerhin macht er es sich nicht leicht, versucht immer wieder zu verstehen. Aber irgendwie scheint sich alles gegen ihn verschworen zu haben. Wie er vor dem Schaufenster eines Reisebüros verlockende Angebote für Ferien im Ausland studiert, wird er plötzlich leise angesprochen. Eine attraktive Schwarzhaarige, etwa vierzig, begrüsst ihn mit strahlendem Lachen.

»Hallo, Armin, auch mal in der Stadt?«

»Linda! Das ist aber eine Überraschung.«

Stock freut sich über die unerwartete Begegnung. Er hatte Linda, die er vom Gesangverein her kennt, schon lange nicht mehr gesehen.

»Darf ich dich zu einem Drink einladen?«

Gemeinsam besuchen sie eine nahe Bar.

»Und, wie gehts so?«, fragt Linda

»Ach, weißt du.«

»Probleme?«

»Kannst du denn das alles ertragen?«

»Was denn?«

»Alles, was da jetzt kaputt geht.«

»Ach, das habe ich hinter mir. An mein früheres Leben denke ich nicht mehr. Es geht mir als Single ganz gut.«

»Aber alles, was in der Welt kaputt geht. Die Kriege, die Anschläge auf unsere Werte, die…«

»Aha, der alte Don Quijote.«

»Man kann doch nicht einfach zuschauen, wie alles vor die Hunde geht.«

»Wenn die Welt zu Grunde gehen soll, dann verhindern wir beide das nicht. Also, was soll der Kampf gegen die Windmühlen?«

»Wenns so einfach wäre.«

»Komm, jetzt wollen wir positiver denken. Lass für eine Stunde das Grübeln.«

Zum ersten Mal seit langer Zeit fühlt sich Stuck nicht allein. Am späten Nachmittag landen die beiden in Lindas Wohnung, wo es im Laufe des Abends zu Intimitäten im Schlafzimmer kommt. Von nun an geht Stuck regelmässig zu Linda, blüht auf in der neuen Beziehung. Wie es aber in der Kleinstadt passieren muss, vernimmt Magda bald einmal vom Seitensprung ihres Mannes. Und da sie auch bis zum Kinn in Sorgen steckt, will sie nicht mehr. Zusammen mit Tochter Leni verlässt sie ihren Mann.

Dass ihn Frau und Tochter verlassen haben, gibt ihm zu schaffen. Unmotiviert sitzt Lehrer Stuck am Rande des Konferenztisches, kritzelt Strichmännchen auf ein leeres Blatt Papier. In Gedanken versunken, merkt Stuck nicht, dass sich das Lehrerzimmer im Jeremias-Gotthelf-Schulhaus allmählich füllt, die Luft stickig wird. Er merkt auch nicht, dass einige Lehrer tuscheln, über ihn. Direktor Leubli eröffnet die Lehrerkonferenz und erklärt:

»Werte Kolleginnen und Kollegen, wie ihr sicher schon vernommen habt, sehen wir vor, ein Schülerparlament einzuführen. Das könnte nämlich ein Weg sein, die dreihundert immer kritischer werdenden Schülerinnen und Schüler in unserem Schulhaus zur Raison zu bringen. Wir wollen heute über diese Angelegenheit sprechen.«

Nach anfänglichem Zaudern läuft die Diskussion heftig. Stuck ist immer noch nicht bei der Sache. Doch plötzlich wird er von einer besonders schrill redenden Kollegin aufgeweckt. Allmählich bekommt Stuck mit, worum es sich handelt. Er findet die Einführung des Schülerparlamentes keine gute Idee, meldet sich deshalb zum Wort: »Ein Schülerparlament ist genau der falsche Weg, Kolleginnen und Kollegen. Schlaft ihr denn alle? Habt ihr noch nicht mitbekommen, was sich die Jungen alles leisten, wenn sie nicht streng geführt werden? Im Ausland müssen sich die Lehrer bereits schützen, weil Schüler bewaffnet zum Unterricht kommen. In Erfurt hat so ein ausgeflippter Schüler einige Lehrer und Schüler erschossen.«

Seine Ausführungen werden nicht von allen Konferenzteilnehmern geteilt.

»So schwarz darf man das nicht sehen, Armin«, antwortet ein älterer Kollege.

»Ja, wir haben Probleme mit den Schülern. Aber das Kind mit dem Bade ausschütten ist doch auch keine Lösung«, meint ein anderer.

»Vielleicht sollte man zuerst die privaten Probleme der Lehrer lösen.«

Wer das äusserst sarkastisch in die Runde wirft, muss etwas gegen Stuck haben. Brüllend springt da Stuck auf, rennt zum perfiden Kollegen, fasst ihm an die Gurgel. Nur mit Mühe können beherzt einspringende Leute den Wütenden von seinem Opfer reissen. Jemand hat die nahe Polizei gerufen, welche nun mit Sirenengeheul ansaust.

Die Polizeiaktion um Stuck blieb natürlich nicht unbemerkt in Sonnigen. Auch die Schüler hatten davon gehört. Es war für sie Anlass, Lehrer Stuck noch mehr zu ärgern. Alle fühlten, dass die Angelegenheit mit Lehrer Stuck eines Tages in einem nicht alltäglichen Ereignis den Höhepunkt erreichen würde. Niemand wusste aber so richtig, wie man das Drohende abwenden konnte. In dieser unheilvollen Situation steht Lehrer Stuck wieder vor der neunten Klasse. Wie immer in letzter Zeit ist er abgeschlagen. Seine Nerven liegen blank. Die Schüler beobachten ihn wie eine Schar Aasgeier, die bloss darauf wartet, dass dem Opfer die letzten Kräfte schwinden, um dann zum Frasse anzusetzen. Nur einer fehlt heute in der Klasse, Edgar Neumann. Stuck hat seine Abwesenheit nicht einmal bemerkt. Er sagt seine Lektion auf, ohne sich näher um die Schüler zu kümmern. Plötzlich geht die Türe auf. Edgar steht da, breitbeinig, aschfahl im Gesicht. Er schreit etwas in Richtung Stuck, was niemand verstehen kann, zeigt mit der linken Hand auf ihn. Dann reisst er einen Revolver hoch, schiesst auf Stuck. Dieser steht da wie angewurzelt, sackt dann in sich zusammen. Die Schüler schreien auf, stürmen aus dem Klassenzimmer. Stuck ist allein, bei Bewusstsein, kann aber seine Beine nicht mehr bewegen. Er schaut hilflos zur offenen Türe. Für einen kurzen Moment erscheint nochmal Edgars blasses Gesicht, verschwindet wie vom Wind verweht. Von ferne hört Stuck Direktor Leublis Stimme, und noch weiter entfernt vernimmt er das kreischende Signal der Ambulanz.

Schläuche winden sich wie Schlangen von Apparaten herunter in den Leib des Patienten. Akustischer Herzrhythmus zersticht die schwere Stille. Flach ausgestreckt auf dem harten Bett des Paraplegikerzentrums liegt Armin Stuck. Die breite Türe öffnet sich leise. Herein schwebt Professor Doktor Messerli mit seinem Gefolge, eine lange Wolke in Weiss.

»Ja, Herr Stuck, ich kann Ihnen im Moment keinen guten Bescheid geben. Unsere Untersuchungen haben ergeben, dass zwei Rückenwirbel zertrümmert sind, das Rückenmark stark beschädigt ist. Sie sind vorläufig vom Bauch abwärts gelähmt.«

»Mir wird übel«, sagt Stuck zittrig. Alles Blut scheint aus seinen Kopf geflossen zu sein, so alabasterblass liegt er in den Kissen.

»Wir werden Sie schon noch zusammenflicken, Herr Stuck. Aber Sie müssen viel Geduld haben. Nur Mut!«

Professor Doktor Messerli wendet sich einer der weissen Gestalten zu, lässt sie Notizen machen, entschwebt dann samt seiner weisssen Wolke durch die breite Türe.

Stucks Gedanken sind wie ausgeschaltet. Sein ganzes Leben wird sich grundlegend verändern. Natürlich hadert Stuck mit Gott und der Welt. Ärzte und Pflegepersonal versuchen, ihn aufzurichten, ihm alles zu erklären. Stuck hat einen langen Weg der Selbstsuche vor sich. In solchen Momenten wären Leute, die einem nahe stehen, wichtig. Aber Stuck kann sich da auf niemanden verlassen. Wie er eines Tages nach einem kurzen Schlaf erwacht, glaubt er gestorben zu sein. – Leni steht vor ihm, lächelt ihn traurig an. Sie sieht viel gesünder aus, als damals, als sie noch bei ihm wohnte.

»Papa, wie gehts dir?« Leni sucht die Hand des Gelähmten, streichelt sie sanft.

»Ach, Leni!«, sagt Stock, leise wimmernd. Tränen quetschen sich unter den geschlossenen Augenlidern hervor.

»Wir werden das zusammen schaffen, Papa.«

»Zusammen?«

»Ich bin wieder fast gesund. Die Therapie schlägt mir gut an. Ich werde bei dir bleiben, Papa.«

»Aber …«

»Sei jetzt still. Du darfst dich nicht aufregen.«

Stuck sieht nun dem Leben zuversichtlicher entgegen. Die bis anhin kalten Geräte im Krankenzimmer beginnen plötzlich zu leben, erfüllen Stuck mit Hoffnung. In zahlreichen Besuchen bleibt Vater und Tochter genügend Zeit, über die Vergangenheit zu reden, Vergangenheitsbewältigung zu betreiben, über Gattin und Mutter zu sprechen, über den Bruder. Allerdings warten noch etliche schmerzhafte Momente auf Stuck: Operationen, Therapie, Rückfälle.

In seinem Rollstuhl vor dem Haus sitzend, hantiert Stuck mit Geräten herum. Er will seinen Garten bestellen. Es ist einige Zeit vergangen. Nach einem langen Winter ist wieder der Frühling eingezogen. Mit neuem Lebenswillen meistert Stuck sein Schicksal erstaunlich gut. Er hat in den langen Wochen und Monaten über sein Leben nachgedacht und beschlossen, ein neuer Mensch zu werden. Besonders die Errungenschaften der Medizin, die ihm jetzt so zum Segen gereichen, lassen seine Bedenken zur schnellen Entwicklung der Zeit abbauen. Er arbeitet täglich an sich selber, macht in der regionalen Gruppe des Behindertensports mit. Sein Bekanntenkreis hat sich von einem anfäglichen Schock längst erholt. Viele suchen den Kontakt mit Stuck, besuchen ihn, sogar Schüler der einstigen neunten Klasse. Nur Magda taucht nicht auf. Sie ist nach Südamerika ausgewandert, arbeitet in der Nähe von Lima in einem Spital. Florian ist erfolgreich als Sozialarbeiter in der Grossstadt, leitet ein Projekt zur gezielten Heroinabgabe an Schwerstsüchtige. Sein Vater ist heute stolz auf ihn. Linda, Stocks ehemalige Freundin, lebt noch in Sonnigen, geht ihre eigenen Wege. Edgar Neumann wurde der Prozess gemacht. Da für ihn noch das Jugendstrafrecht gilt, wurde er zu einem Jahr Jugenderziehungsanstalt verurteilt. Ein ganzes Heer von Psychiatern und Psychologen kümmert sich um ihn. Alles ist nicht heile Welt um Armin Stuck. Aber gegen Windmühlen kämpfen mag er nicht mehr.

Das Fegefeuer gibts

Valentin Lehmann, Lehrer an der Oberstufe, schlenderte gemütlich durch den Supermarkt, den schwach quietschenden Einkaufswagen lässig vor sich herschiebend. Am Wochenende durch die Geschäfte zu schweifen, die vollgestopften Regale an sich vorbeiziehen zu lassen, verschaffte Lehmann höchsten Genuss. Als Pauker hatte er ohnehin nicht viel zu lachen. Und als Single konnte er von den seelischen und physischen Genüssen, die eine Lebenspartnerin oder ein Lebenspartner auszuschütten imstande war, nur träumen. Darum kompensierte er die verpassten Lüste des Lebens hier im Supermarkt. Er wartete auf sie wie auf Bekannte im einfahrenden Zug am Bahnhof, erleichtert, sie nicht verpasst zu haben. Als Alleinstehender musste Lehrmann alle Einkäufe selber besorgen. Da schätzte er sich glücklich, dass es ihm nicht erging wie seinem Kollegen Georg, auch alleinstehend, unter schrecklichem Horror vor Einkäufen leidend.

Allerdings wollte es Lehmann heute nicht so recht gelingen, das Einkaufsritual zu geniessen wie sonst. Schwarze Gedanken zermarterten seinen Kopf, drangen wie spitze Nadeln durch die Haare in die Kopfhaut. Immer wenn er Schüler strafen musste, fühlte er sich anschliessend hundselend. Er verfluchte dann jeweils seinen ehemaligen Berufsberater, der ihn überzeugt hatte, seinem Leben nirgends einen edelern Sinn geben zu können als im Unterrichten von störrisch pubertierenden Schlingeln und Gören. Und nun war es wieder einmal so weit. Gestern musste er eingreifen. Bodo hiess er, stinkfaul und frech wie Oskar. Der schlacksige Lümmel hatte sich wieder einmal vorgenommen, den Unterricht zu stören, gähnte laute Miaus in die Klasse, pfiff einmal sogar durch braunschwarze Zahnlücke. Bei Gott, Lehmann konnte geduldig sein wie ein Lamm. Diesmal ging Bodo aber zu weit. Er musste ihn zum Nachsitzen verknurren, eine angemessene Strafe, wie er glaubte.

Da war aber Bodo ganz anderer Meinung.

»Das wirst du mir büssen«, sagte er, aus zusammmengebissenen Zähnen knurrend, zwängte sich zeitlupenlangsam durch die Bankreihen, verliess das Schulzimmer, die Türe hinter sich zuknallend. Seither liess er sich nicht mehr blicken. Der Montag drohte also unangenehm zu werden, störte Lehmann jetzt das Einkaufsprozedere, packte ihn kalt in den Magen. Sich selber derart quälend, schwamm Lehmann benommen weiter durch die schlaraffische Fülle der Angebote. Er merkte nicht, dass sich sein Einkaufswagen allmählich füllte, wie ein gieriger Rachen alles schluckend. Erst als die Aufnahme weiterer Waren unmöglich geworden war, der Rachen begann, Artikel auszuspucken, wurde Lehmann aufmerksam.

Gleichzeitig erblickte er neben sich, aufgetaucht aus dem Nichts wie ein Geist, Bodo, übers ganze Gesicht grinsend, die braunschwarze Zahnlücke demonstrativ freigelegt.

»Bodo, wo kommst du denn her?«

Lehmanns Stimme klang heiser. Der Ueberfall war gelungen. Bodo grinste weiter, legte seine rechte, schaufelgrosse Hand zum Soldatengruss an die Stirne, machte sich rückwärtsgehend, immerzu hofknickend davon. Lehmann blieb zurück, zur Salzsäule erstarrt. Was sollte das jetzt? Eine weitere Drohung? Die letzten Jahre haben es gezeigt. Verhaltensgestörte Schüler schrecken manchmal vor dem Schlimmsten nicht zurück. Die begnügen sich nicht mehr mit Stinkbomben oder Pneuschlitzen. Die kommen bewaffnet zur Schule, Schlagringe, Dolche, schiessen plötzlich auf ihre Lehrer.

An der Kasse schämte er sich ein wenig ob der Fülle seiner Einkäufe. Die Kassiererin aber lächelte verständnisvoll, half ihm sogar zuvorkommend beim Einpacken seines Warenberges. Lehmann vergass für kurze Zeit, den schwarzen Sorgenvögeln über seinem Haupte Nester zu bauen.

Als Lehmann sich anschickte, den Supermarkt vollgepackt wie ein Lastesel zu verlassen, sah er ihn. Der Mann im sportlichen Jackett mit Brille und stacheligem Bürstenschnitt konnte den Hals nicht genug recken, hielt seine Hand über den Augen, blinzelte darunter über all das Einkaufsvolk hinweg direkt zu ihm. Reflexartig steuerte Lehmann in die entgegengesetzte Richtung. Der Bürstenschnitt gestikulierte heftig mit beiden Armen, formte dann seine beiden Hände zu einem Trichter vor dem Mund, begann zu brüllen.

»He, Sie da, warten Sie. Waaarten!«

Katzenartig sprang der Geheimnisvolle über einen im Wege stehenden Einkaufskorb, rannte im Zickzack durch die Menschenmenge. Und ehe Lehmann sichs versah, stand der Mann vor ihm, zückte seinen Ausweis, sagte militärisch zackig:« Birsch, Birsch Peter, Ladendetektiv. Folgen Sie mir unauffällig!«

»Aber…«

Lehmanns kläglicher Einwand hatte keine Chance.

»Wenn Sie hier auffallen wollen, können Sie das haben, ansonsten kommen Sie jetzt besser mit mir.«

Die schwarzen Knopfaugen im kantigen Gesicht des Mannes, der langsam mahlende Unterkiefer überzeugten Lehmann. Wie ein Tier, das zur Schlachtbank geführt wird, folgte er seinem Peiniger, gedemütigt, erniedrigt, an sich selber zweifelnd.

Natürlich wagte er nicht aufzublicken. Darum sah er auch Georg nicht, seinen Arbeitskollegen mit dem Horror vor Einkäufen.

»Aber Valentin, was ist passiert?«

Resigniertes Achselzucken, Augenverdrehen, Kopfschütteln.

»Kommen Sie auf keinen Fall näher! Gehen Sie weiter!«

Die Kommandi des Herrn Birsch knatterten wie Maschinengewehrsalven.

Georg blieb zurück, perplex, schaute sich um, marschierte dann entschlossen zur Türe mit der Aufschrift Geschäftsleitung.

Herr Birsch führte Lehmann in einen engen, nüchternen Raum. In der Mitte stand ein abweisender Tisch, kalt und nackt, darauf ein einsames Telefon. Auch die vier Stühle rund herum, nicht gerade einladend. Das einzige Bild an einer der grauen Wände war eine Karikatur, zeigte einen Taschendieb im Einsatz.

»Sie können sich setzen.«

Birsch war jetzt ganz ruhig, konzentrierte sich auf genaues Beobachten seines Opfers. Dabei rutschte ihm die rechte Augenbraue katzenschwanzähnlich nach oben.

»Weisen Sie sich bitte aus!«

»Ich heisse Valentin Lehmann, bin 37-jährig, unterrichte an der hiesigen Oberschule.«

Auch Valentin war ruhiger geworden, nahm sich erneut vor, dem Bürstenschnitt die Stange zu halten. Schliesslich war er nicht irgendjemand. Man kannte ihn in der kleinen Stadt. Vielen hatte er mehr oder weniger erfolgreich lateinische Vokabeln beigebracht. Zudem gehörte er als Präsident des städtischen Tabakschnupfervereins zu den Honoratioren der Stadt.

»Ihre Papiere!«

»Ich pflege meine Papiere nicht mitzunehmen, wenn ich einkaufen gehe, wohne gleich um die Ecke.«

Die Katzenschwanzbraue wedelte auf und ab. Birsch verschränkte die Arme vor der Brust, schritt schwer auftretend um den Tisch, blieb hinter Lehmann stehen.

»Jetzt sagen Sie mir endlich, was Sie von mir wollen?

Lehmann war überrascht von der Kraft seiner Stimme. Na, also!

»Ich habe gesehen, dass Sie sehr viel Ware in Ihrem Einkaufskorb hatten.«

»Ja, ist das jetzt verboten?«

»Nein, aber eine gute Gelegenheit, Waren zu unterschlagen.«

»Sind Sie verrückt geworden? Wollen Sie behaupten, dass ich klaue?«

»Ich habe nicht gesagt, Sie hätten geklaut. Ich äusserte lediglich einen Verdacht.«

»Und wie gehts jetzt weiter?«

Birsch rieb sich genüsslich die Hände, in Vorfreude quasi auf die bevorstehende Ueberführung dieses Paukers.

»Ich muss Sie filzen. Leeren Sie bitte Ihre Westentaschen.«

»Na toll!«

Lehmann kramte in seiner rechten Westentasche, knallte nacheinander einen Schlüsselbund und drei in der Schweiz erfundene Ricola-Hustenbonbons auf den kalten, nackten Tisch. Lehmann kramte in der linken Westentasche, dem aufmerksamen Birsch ins Gesicht grinsend, kramte und – zuckte zurück, als ob er in eine elektrische Ladung gegriffen hätte.

»Na, was ist?«

Birsch sah seine Stunde gekommen, die schwarzen Knopfaugen rollend, die Augenbrauen in voller Aktion.

Zitternd, aus allen Poren schwitzend, zog Lehmann eine nagelneue Herrenarmbanduhr aus seiner linken Westentasche, Marke »Tissot«, wasser- und stossfest, mit Leuchtziffern. Das Preisschildchen schaukelte lustig hin und her.

»Aha, da ist das Beweisstück, das Corpus Delicati.«

»Delicti heisst das, Corpus delicti«.

Trotz seiner misslichen Lage beleidigte diese Sprachsünde Lehmanns lateinisches Ohr derart, dass er reagieren musste.

Birsch riss dem zerstörten Lehmann die Uhr aus der Hand, schwenkte sie wie eine Trophäe vor dessen Augen.

»Und was ist jetzt?«

»Das ist mir unerklärlich.«

»Ha, das sagen sie alle. Sie klauen also nicht, Herr Lehmann?«

»Hören S...«

Lehmann konnte den Satz nicht zu Ende sprechen. Ein knackiges Klopfen an der Tür. Der Supermarktleiter Blicks stand plötzlich mitten im Zimmer. Hinter ihm tauchte Georg auf, der mit dem Einkaufshorror, winkte mit dem aufgerichteten Daumen seiner rechten Faust.

»Der doch nicht, Birsch, Sie blamieren sich.«

»Aber hier, das Corpus Delicati, hm Delicti. Diese Uhr hat er nicht bezahlt, Herr Supermarktleiter.«

»Ist das wahr?«, fragte Blicks verunsichert.

Lehmann kauerte auf dem unbequemen Stuhl, den schweren Kopf nach vorne gebeugt, ein Häufchen Elend auf dem Schafott.

»Jemand muss mir die Uhr in die Tasche gesteckt haben.«

War er noch bei Sinnen? Lehmann hätte schwören können, dass ihm der Taschendieb auf der Karikatur gegenüber soeben zugezwinkert hatte. Plötzlich kam ihm ein Gedanke, der ihn bis ins Mark erschütterte.

»Das ist doch nicht möglich. Bodo.«

Bodo wurde schnell aufgespürt und festgenommen. Das störte diesen gar nicht so arg. Es war nicht das erste Mal, dass er in Verdacht geriet: gelierte Igelfrisur, eine Schädelhälfte in Rot, die andere in Grün, speckige Schlabberhosen, Herumstehen, Herumschleichen, blöd aus der Wäsche-Gucken. Wie Lehmann wusste Bodo nicht, warum er mitgenommen wurde. Als er aber im Verhörraum Lehmann erblickte, fiel es ihm wie Schuppen von den Augen. Er war sich sicher. Lehmann musste mit der Sache zu tun haben. Dieser Mistkerl! Und dabei hatte er sich gerade vorgenommen, am Montag bei Lehmann vorzusprechen, die Angelegenheit zu regeln.

»Sie sind also Bodo. Haben sich schon öfters hier herumgetrieben.«

Birsch gefiel, wie sich der Fall entwickelte, eine Herausforderung für ihn, eine Bewährungsmöglichkeit dazu. Bodo wies alle Anschuldigungen zurück. Er glänzte vor Verachtung, pfiff leise durch die braunschwarze Zahnlücke, schoss verächtliche Blicke zu Lehmann. Dieser war inzwischen zusammengeschrumpft, sass wie ein grosser Käfer auf dem Stuhl, krabbelte hilflos mit den Beinen.

Als das einsame Telefon auf dem kalten, nackten Tisch summte, war das wie Erlösung. Birsch ergriff den Hörer.

»Das ist doch nicht möglich. – Aber… – Ja, natürlich, sofort.«

Er müsse kurz weg. Sie sollten keine Dummheiten machen, den Raum ja nicht verlassen. Mit diesen Erklärungen liess Birsch die beiden Angeschuldigten verdattert zurück.

Inzwischen war es der Polizei gelungen, einen Mann aufzugreifen, nach dem sie seit einiger Zeit gefahndet hatte. Es war der Chef einer kleinen Diebesbande. Seine Leute schlichen in Einkaufszentren herum, lauerten auf geeignete Opfer, steckten ihnen Waren in die Westentaschen, nahmen ihnen diese wieder ab, wenn sie das Geschäft verliessen. Nach langem Verhör gab der mürbe gemachte Chef alles zu. Ja, heute Morgen habe man im Supermarkt gearbeitet. Das Geschäft sei gut gelaufen. Auch die Uhr, mit der Birsch angerannt kam, gehöre wohl zur jetzt leider flöten gegangenen fetten Beute, bestätigte der Mann.

Allein mit Bodo hatte Lehmann inzwischen einen Vorgeschmack dessen erlebt, was widerspenstige Sünder im Fegefeuer erwartet. Nie hätte er gedacht, dass einem Peinlichkeit derart zusetzen könnte. Würmer krümmen sich und Aale winden sich, Lehmann tat beides zusammen. Bodo blieb versteinert, schielte ab und zu hinüber zu Lehmann, genoss dessen Schmerzen in vollen Zügen, staunte über sich selber, als allmählich ein Gefühl des Mitleids in ihm hochstieg.

»Hast du mir die Uhr zugesteckt, Bodo?«

»Wie könnte ich Sie vom Gegenteil überzeugen?«

»Hast du oder nicht?«

»Nein«

Lehmann glaubte Bodo. Die Erleichterung wirkte wie Balsam auf seiner geschundenen Seele.

»Dann muss ich mich bei dir entschuldigen, Bodo«

»Jetzt sind wir quitt, Lehmann.«

»Der Dussel hat corpus delicati gesagt.«

Lehmann schüttelte sich vor Lachen.

»Corpus delicati, Bodo, delicati.«

Bodo begriff den Grund der plötzlichen Heiterkeit seines Lehrers nicht so recht. Da diese aber bekanntlich ansteckend wirkt, lachte auch er plötzlich aus vollem Halse. In diesem Moment trat Birsch herein, nicht mehr sportlich, die Augenbrauen stillgelegt. Er räusperte sich einmal, zweimal, würgte wiederkäuerisch, zog auf dem Boden imaginäre Kreise mit der Schuhspitze.

»Sie müssen entschuldigen, meine Herren. Wir haben den Täter gestellt.«

»Und wo ist jetzt das corpus delicati?«

Lehmann prustete ein gequetschtes Lachen hervor. Bodo stimmte ein. Und bald wackelten die grauen Wände des engen Verhörraums derart, dass sich die Taschendiebkarikatur schief legte.

Dank Nero

Max hatte sich fest vorgenommen, an diesem Wochenende mal wieder so richtig auszuspannen. Abstellen, vergessen. Vor allem wollte er die trüben Gedanken an seinen karrieresüchtigen Chef verscheuchen, Direktor Blatter. Dieser Antreiber verstand es, seine Untergebenen bei jeder sich bietenden Gelegenheit zur Schnecke zu machen.

Auch seine Familie bereitete Max nicht wenige Sorgen. Die beiden Mädchen, Ella und Anna, steckten mitten in der Pubertät. Seine Frau Johanna, Englischlehrerin am städtischen Gymnasium, hatte ebenso wenig Zeit für die beiden Gören wie er selbst.

Unter diesen Umständen konnte eine Fahrradtour mit der ganzen Familie durch den nahen Wald nur willkommen sein, dachte der ahnungslose Max. Die Räder holperten lustig über die Baumwurzeln auf dem Waldweg. Ella und Anna kicherten und witzelten.

»Max, solltest du Nero nicht an die Leine nehmen?«, schlug Johanna vor.

»Ach was, der soll heute auch von meiner Geberlaune profitieren.«

Und Nero tats. Sichtlich zufrieden trottete der muskulöse Wachthund leichtfüssig neben den Radfahrern her. – Heile Welt.

Nero schlug unverhofft an und spurtete wie der Blitz in den Wald hinein. Sein Ziel war ein ungleiches Jogger-Paar. Ein Mann mit Bierbauch. Er keuchte und schnaufte wie eine Dampfmaschine.

Die dürren Spatzenbeine strampelten und bemühten sich, den schweren Körper ihres Besitzers vorwärts zu schieben. Seine Begleiterin joggte elegant und leichtfüssig neben dem schwerfälligen Nilpferd an ihrer Seite. Schlank und sportlich war sie gut fünfzehn Jahre jünger als der Mann.

Nero rannte auf das Paar zu, kläffte wild und fletschte die Zähne. Die Jogger blieben erschreckt stehen, schauten sich verängstigt um. Besonders der schwitzende Herr fürchtete sich. Zitternd kroch er hinter die Frau und klammerte sich an ihr fest wie ein Kind an seiner Mutter.

Die Frau befreite sich unwirsch von der Umarmung:«Nimm dich zusammen, Hubert, sei endlich ruhig.»

Dann wendete sie sich behutsam dem Hund zu:«Braver Hund, ruhig, brav…»

Doch Nero liess nicht ab von seinem wilden Getue und versuchte, den Mann hinter der Frau zu erreichen.

Um die Kurve bog in diesem Moment die Fahrradgruppe. Max erkannte sofort seinen Chef, Herrn Blatter, und dessen Gattin. Was sich nun in seiner Seele abspielte, dauerte nicht länger als eine Sekunde. – Sieh mal an, dieser Held und Tausendsassa! Er zittert und jammert, sabbert wie ein Säugling. Max spürte plötzlich so grosse Schadenfreude, dass Verdis Triumphmarsch in fortissimo sein Herz erfüllte.

»Um Gotteswillen, mach doch was, Max!«, schrie Johanna entsetzt.

Max erwachte abrupt aus seinem Sekundentraum und versuchte sich zu fassen.

»Nero, daher, sofort!«, befahl er dem aufgewühlten Hund.

Dieser bellte noch eine letzte Warnung an das Elendshäufchen hinter der Frau und wendete sich verächtlich von dem Paar ab.

»Entschuldigen Sie bitte vielmals, Herr Blatter«, bat Max.

»Binden Sie endlich den Köter fest!«, schrie Blatter und wagte sich zögernd hinter dem Rücken seiner Frau hervor.

»Das wird Folgen …«

»Schweig endlich, Hubert!«, unterbrach ihn seine Frau, »ich mach das schon«.

Die Frau gesellte sich zu den Radfahrern, schüttelte allen die Hand und versuchte nun ihrerseits, die Leute zu beruhigen. Etwas abseits besänftigten Ella und Anna, unaufhörlich kichernd, den Hund.

Am Montag ging Max mit gemischten Gefühlen ins Büro.

»Das wird wohl eine gehörige Szene absetzen«, dachte er.

Umso erstaunter war er, als er feststellte, dass der Chef freundlich grüsste und während des ganzen Tages höflichen Umgang mit der Belegschaft pflegte. Sollte Nero am Ende vom Schicksal als Werkzeug zur Einführung eines besseren Arbeitsklimas im Büro benützt worden sein?

Die Verbotskiste

Fest umklammerten seine Hände das Steuerrad. Er war sich seiner Verantwortung bewusst. Wenn der Motor des Busses so monoton schnurrte wie jetzt, kam er ins Grübeln. Was, wenn auch ihm eines Tages ein ernsthafter Unfall zustossen würde? Der Gedanke quälte ihn schon lange, liess ihn nachts aus dem Schlaf schrecken.

Seit bald zehn Jahren fuhr Hannes Diehsel die Kinder von Schöndorf zur Schule. Kleine, unschuldige Erstklässler, lebhafte Primarschüler und wild pubertierende Oberstufenschüler. Als ehemaliger Feldweibel der Armee wusste Diehsel, dass Ordnung und Disziplin zu grösserer Sicherheit beitragen konnten. Deshalb achtete er genauestens auf Ordnung und Disziplin in seinem Bus. Und da Kinder oberflächlich und vergesslich sind, hat Diehsel im Bus bunte, mit Symbolen versehene Verbotstäfelchen angebracht:

– Während der Fahrt nicht aufstehen – Nicht essen oder trinken – Nicht schreien – Nichts beschädigen –

Die Täfelchen grinsten von der Decke herunter, prangten an den Fenstern, klebten an den Sitzlehnen. Dass die Kinder den Bus bald einmal »Verbotskiste« nannten, ärgerte Diehsel nicht. Ihm ging es um die Sicherheit seiner Fahrgäste.

Während der Fahrt blickte Diehsel regelmässig in den Rückspiegel, beobachtete die Kinder. Meistens war er mit seiner Fracht zufrieden.

»Was ist denn das?«, fragte er sich aber jetzt.

Ein erneuter Blick in den Spiegel zeigte ihm eine Ungeheuerlichkeit. Remo, der geschniegelte Bursche aus der neunten Klasse, umarmte doch tatsächlich die schöne Nina aus der siebten. Und jetzt, Diehsel traute seinen Augen nicht, küssten sie sich innig auf den Mund, glitten auf der hintersten Bank langsam in Halbliegestellung. In erwartungsvoller Stille beobachtete der ganze Bus die erotische Szene. Die Kleinsten andächtig staunend, die Grossen mit wissendem Grinsen im Gesicht.

»Hört sofort auf, ihr da hinten!«, rief er laut und bestimmt.

Diehsel fühlte sich persönlich angegriffen durch diese Schmuserei in seinem Bus. Wohl nichts hätte die Ordnung, welche hier bis heute herrschte, mehr stören können.

Die Liebenden liessen sich jedoch nicht beirren, waren wohl stocktaub geworden, wanden sich jetzt wie Aale.

»Schluss jetzt!«. Diehsels Stimme überschlug sich.

»Die sind nicht mehr zu bremsen, wenn sie mal angefangen haben«, rief ihm der Junge auf dem Beifahrersitz zu und grinste über das ganze Gesicht.

»Leichter ist es, diesen Bus zu stoppen.«

»Das werde ich jetzt tun, bei Gott!«, entgegenete Diehsel.

Gleichzeitig trat er voll auf die Bremse. Wie ein Kornfeld im Wind beugten sich die Oberkörper der Kinder alle gleichzeitig nach vorn. Auf der letzten Bank aber loderte das Feuer nach wie vor.

Diehsel lenkte den Bus an den Strassenrand, hielt an, stellte den Motor ab. Wie ein Dirigent mit den Armen fuchtelnd, rannte er durch den engen Korridor hin zur letzten Bank. Hier packte er das Schmusepärchen mit beiden Händen und schüttelte es heftig.

»Was ist denn los, Alter?«, fragte Remo erstaunt und strich sich das Haar aus der Stirne.

»Ja, merkst du denn nicht, was du angerichtet hast?«, antwortete Diehsel.

Er hatte sich inzwischen etwas beruhigt und leitete nun zur Moralpredigt über. Die Businsassen aber waren aus ihrer hypnoseartigen Starre erwacht und begannen jetzt laut zu grölen und zu johlen. Diehsel brauchte schon einige Zeit, bis er die Horde wieder einigermassen im Griff hatte. Von seinem Fahrersitz aus öfnnete er dann die automatische Bustür und sagte ganz ruhig ins Mikrofon: »Und jetzt raus, ihr zwei.«

Die beiden Turteltauben erhoben sich träge, schlenderten provozierend nach vorne. Sichtlich genossen sie die Aufmerksamkeit der Passagiere, kokettierten nach links und nach rechts.

»Ignorant!«, rief Nina noch schnell in Richtung Diehsel. Dann stand auch sie auf der Strasse neben Remo. Dieser sah sich ratlos um, stampfte mit dem Fuss, zeigte Diehsel den langgestreckten Mittelfinger.

Wie Diehsel auf seine Uhr blickte, wurde er wieder unruhig. Verspätung war etwas, das seinem Ordnungsfimmel ganz und gar widersprach. Bedächtig lenkte er den Bus wieder auf die Strasse und setzte die Fahrt fort. Sein prüfender Blick in den Rückspiegel zeigte ihm eine friedliche bis schläfrige Gesellschaft.

Mit einer Stunde Verspätung rollte der Bus endlich auf den verlassenen Schulhof. Die Schüler trollten sich wie geschlagene Hunde davon, verschwanden lautlos durch das breite Tor ins Schulhaus. Die Arme auf dem Steuerrad aufgestützt, den rauchenden Kopf in die Hände gebettet, begann Diehsel zu sinnieren. Das war schon ein Ding, heute. Aber er hatte es wieder einmal geschafft. Allerdings durfte sich sowas nicht wiederholen. Er musste Vorkehrungen treffen. Im Geiste entwarf er eine neue Verbotstafel. Ein grosses, schwarzes Herz mit der Aufschrift: Schmusen und Küssen verboten.

Remo und Nina hatten die Schule längst verlassen, als Diehsel immer noch die Kinder von Schöndorf zur Schule fuhr. Aber er war älter geworden, zusammen mit seinem Bus. Die Angst vor einem bevorstehenden ernsthaften Unfall hatte er allmählich verdrängt. Selbst die Verbotstäfelchen hatte er mit der Zeit entfernt, ohne dass die Kinder darum zu einem Sicherheitsrisiko geworden wären. Lediglich eine Hinweistafel baumelte noch an der Decke des Busses. Sie zeigte ein grosses, rotes Herz mit der Aufschrift: Liebet einander.